MEU Sangue & Ossos EM UMA Galáxia Fluida

Yuyuko Takemiya

Índice

Prólogo ~~~ 005

Capítulo 1 ~~~ 007

Capítulo 2 ~~~ 019

Capítulo 3 ~~~ 045

Capítulo 4 ~~~ 066

Capítulo 5 ~~~ 091

Capítulo 6 ~~~ 124

Capítulo 7 ~~~ 157

Capítulo 8 ~~~ 175

Prólogo

— Ou seja, duas pessoas morreram porque um óvni foi derrubado — foi isso que Hari disse.

Eu tinha ouvido a longa história sem interromper nenhuma vez, mas fui pego de surpresa pelo "desfecho", por assim dizer. Por como o resumo ao fim estava ligeiramente errado. Quase fraquejei por conta do desconcerto, porém o que fiz foi protestar com um "... Náááão", enxugando lágrimas com o dorso da mão.

— Claro que não. Do que você tá falando? Não foram duas pessoas.

Fui me recordando do conteúdo da história com o máximo de cuidado e fui contando. Dedo indicador, depois dedo médio e por fim polegar, fui os esticando na ordem. Mal precisava ser contado, eram três. Contando os mortos que haviam sido citados até então, eram claramente três. O quão desligada uma pessoa precisava ser para errar o final da história que tinha contado longa e pessoalmente?

Entretanto, apesar do que eu estava pensando...

— Não tem erro nenhum. É assim. — Hari agarrou o meu dedo anelar e o puxou para que ficasse esticado. — E, depois, assim — continuou, envolvendo os dedos indicador e médio com a mão, juntos do dedo mínimo que tremia e queria se esticar, para que abaixassem.

A mão ficou com uma forma antinatural que não podia ser mantida apenas com força própria, com somente o polegar e o dedo anelar erguidos. Tinha virado um sinal misterioso incompreensível.

"O que é isso?", acabei observando-o fixamente. Estava para ter cãibras em músculos de sabia-se lá onde e continuei sem entender mesmo após observar com seriedade.

    Se o dedo anelar representava aquela morte, não era para ter relações com o óvni. Hari disse que o polegar e o dedo anelar esticados à toa representavam a quantidade de vidas humanas perdidas na prática. As pessoas que tinham morrido por conta de o óvni ter sido derrubado. Mas como assim? Por quê? Eu não estava entendendo. Quem eram, no fim das contas, essas duas pessoas?

1

    Havia uma facção que dizia que a janela precisava ser aberta. O ar de um quarto completamente fechado ficava com bactérias e vírus flutuando para lá e para cá, além de baixa concentração de oxigênio. Essa facção dizia que era por isso que precisava haver ventilação constante. Realmente, tinham razão.

    Entretanto, também havia uma facção que dizia para não abrir a janela. As bactérias e vírus que estavam caídos no chão subiriam para o ar e, em uma residência comum, não era preciso se preocupar com concentrações de oxigênio. Essa outra facção dizia que era por isso que janelas não deviam ser abertas dentro do possível, para se preservar a umidade. Realmente, também fazia sentido.

    Bem, e agora? A janela seria aberta ou não? Eu não conseguia me decidir nem quanto a uma coisinha dessas (Qual opção…? O que estava correto?!) e já estava em dúvida fazia um minuto, com a mão na esquadria gelada. Ambas as "facções" tinham origens em informações ouvidas em programas de saúde.

    O vidro da janela, que deixava visível a escuridão da noite, refletia o meu rosto de cenho franzido. A expressão era séria, mas a situação era besta, eu tinha ciência disso, só que não conseguia deixar a dúvida de lado. Para mim, essa coisa tão trivial parecia algo grave e fatídico.

    Eu queria ventilar o ar parado do quarto, mas não queria pegar um resfriado de jeito nenhum. Meus glóbulos brancos estremeciam só de pensar na palavra "influenza". O inverno também era a estação de outras enfermidades que soavam péssimas, como as causadas por "norovírus" e "rotavírus". Não, não, impossível. De jeito nenhum, eu não poderia pegar essas coisas agora, de maneira alguma. Afinal de contas, já era dezembro.

Eu estava no terceiro ano do ensino médio e faria o Exame do Centro[1] no começo do ano. Meu objetivo era entrar para a universidade pública mais concorrida da província. As chances de eu ser aprovado, levando em consideração as notas de simulados de até então, eram um pouco maiores do que cinquenta por cento. Eu não poderia baixar a guarda, tudo dependia do quanto conseguiria me empenhar no fim, no período de agora até o exame. Se eu ficasse doente e acamado, seria o fim.

Não pretendia fazer exames de outras universidades para me prevenir. Havia um motivo financeiro, sim, mas, acima de tudo, eu tinha um forte motivo para não querer ir para nenhuma outra universidade. Se eu não conseguisse dessa vez, tentaria de novo mesmo que fosse precisar ficar um ano sem ir para uma universidade. Se não desse certo, ficaria um segundo ano sem ir. Eu faria bicos e...

Ops. Tinha me esquecido de que não pensaria sobre o que faria se não desse certo. "Finge que isso não aconteceu", pensei. "Vamos recomeçar. Eu serei aprovado. Ou melhor, fui aprovado!", mentalizei, conjugando no passado propositalmente. Dei um tapa forte nas minhas faces para me recompor. Eu já tinha me decidido. "Está preparado? Vamos lá, glóbulos brancos! Barreira de imunidade em força total!"

— Iáááá! — Tomando impulso, abri a janela de uma só vez.

No mesmo momento, tive a impressão de que a noite fria lavou a minha cara. Foi agradável a ponto de me deixar surpreso. Acabei me inclinando para fora da janela do segundo andar.

---

1. *Exame do Centro*: "Exame do Centro Nacional de Admissão ao Ensino Superior", comumente chamado de "Exame do Centro" no Japão, é um exame uniformizado das universidades japonesas públicas e privadas, realizado em dois dias do mês de janeiro. Similar ao papel do ENEM no Brasil.

Capítulo 1

Os ventos calmos tinham a umidade de depois da chuva e a minha face quente por conta do aquecedor foi resfriada com rapidez. Inspirei profundamente o ar gelado e enchi o peito com oxigênio. Quando expirei uma névoa branca, pareceu que expeli do corpo até a fadiga.

O quarto foi ficando cada vez mais frio, porém eu achava que abrir a janela tinha sido a decisão certa. Girei os ombros sentindo o ar gelado confortável, que produziram agradáveis "plec-plec". Começava a achar que, nessa noite, ainda conseguiria me esforçar muito mais. Talvez pessoas fossem mais simples do que o esperado. Não importava o quanto estivessem cansadas; bastava haver ar fresco para que ressuscitassem com facilidade.

Quando olhei para cima, havia sobre a minha cabeça um vasto céu estrelado de onde poderiam começar a cair estrelas cadentes. As muitas estrelas brilhavam fortemente e mostravam como existiam no grande espaço sideral. Mesmo eu conseguia saber qual era a constelação de Orion.

Ergui alto as minhas mãos fechadas, me espreguicei com toda a força e respirei profundamente uma última vez. Ainda de janela aberta, esfreguei o rosto de leve e voltei para a escrivaninha. Rodei uma lapiseira na mão, mas ainda não abri o caderno. Me imaginei estudando absorto, respondendo questões do exame com rapidez e ficando feliz ao ser aprovado. Alguns poderiam pensar "Não é hora para isso!", porém, ao que tudo indica, era muito importante mentalizar o objetivo.

— Parece que a realidade segue o que foi imaginado com o cérebro! — Era o que tinha dito a minha professora coordenadora.

Tinha sido em uma reunião matinal longa[2] da semana passada. Começou com assuntos bem comuns e triviais da professora,

---

2. *Reunião Matinal*: Também chamado de "homeroom" ("reunião de encerramento" quando ocorre no final do dia), é um breve período antes das aulas na escola, muitas vezes com frequência diária, para professores e alunos se comunicarem, com intuito de tirar dúvidas e passar informações. Algumas escolas inserem reuniões longas no cronograma, para a realização de atividades que demandam mais tempo, como apresentações de trabalhos, orientações mais elaboradas de professores e outros.

como a preparação psicológica para exames e cuidado com a saúde, mas, quando percebemos, o assunto tinha mudado totalmente.

— É por isso que vocês não podem ficar imaginando um futuro em que falham! O que precisam, agora, é imaginar constantemente que vão ser aprovados pela universidade em que querem entrar! Se visualizem sendo aprovados, o mais detalhadamente possível! Vamos lá! É o dia em que saem os resultados! Procurem o seu número de inscrição do exame... e aí, quando chegam na lista de aprovados... Aí, está aí! E *buuum*! Deixem os seus sentimentos explodirem! Acreditem que imaginações se tornam realidade!

— Então não preciso tentar entrar em outros lugares pra me prevenir? — perguntou alguém.

— Precisa, sim — respondeu a professora coordenadora, meneando a cabeça com uma expressão séria.

A nossa professora adorava autoajuda e autoaperfeiçoamento, o tipo de discurso que dizia "Basta fazer tal coisa para ser rico, amado, bem-sucedido, feliz, ter paz mundial, estatura alta e comidas deliciosas!" e muito mais. Só nesse ano, já tínhamos sido obrigados a tentar "desabrochar no lugar onde já estávamos", "ter coragem para ser odiado", "ficar entusiasmado com arrumações mágicas", meditar, jejuar e também experimentar coisas mais novas e ainda mais inexplicáveis. Havia até uma teoria de que ela estava tentando nos usar para algum experimento humano. Muitos temiam esse espírito da professora coordenadora.

A minha atitude, porém, era "Experimento humano? Beleza! Pode vir com tudo!". Agora, quando o Exame do Centro estava logo aí e o termo "linha de corte" estava parecendo cada vez mais realista, eu estava recebendo qualquer coisa de bom grado. Fosse experimentos, orações para deuses, simpatias, conforto psicológico... eu poderia até polir o túmulo do meu falecido pai para ter boa sorte. Faria qualquer coisa que me dissessem para fazer. Eu queria fazer qualquer coisa que pudesse me dar vantagens na minha aprovação,

Capítulo 1

pois a situação era delicada. Se tudo que precisava fazer era imaginar, imaginaria quantas mil vezes precisasse. E, claro, eu não deixaria de estudar. Daria tudo de mim nos estudos, esfregando olhos sonolentos, e também faria isso.

Fechei os olhos sentindo nas faces o frio soprando pela janela. Relaxei meus ombros. Me concentrei somente em imaginar o que eu queria que se tornasse realidade. "...Eu vou me concentrar em estudar para os exames. Aliás, eu já me concentrei", mentalizei.

A professora tinha dito para sempre conjugar as palavras no passado para que soasse mais real. Era meio estranho, já que eu estava falando do futuro, mas mentalizei o mais claramente possível. Tentei sentir emoções futuras que queria que se tornassem realidade no presente, como se estivesse as sentindo neste momento.

"Eu passei pelo Exame do Centro com conhecimento acumulado, capacidades melhoradas e saúde perfeita... E, então, consegui nota alta em todas as matérias! Fui ótimo na segunda etapa do exame também e consegui ser aprovado logo no primeiro período[3]! Uhuuu! E foi assim que os meus sonhos foram todos concretizados! Tudo que sonhei virou realidade e... Espera aí. Tudo? Tudo...?" Esbugalhei os olhos de repente.

Ou seja, isso valia para depois do vestibular? Todos os meus sonhos se tornariam realidade? Assim que pensei nisso, o eu de dentro da minha cabeça passou da época de vestibular em um piscar de olhos. A universidade era só uma estação no meio do caminho. Não era o meu objetivo final, não era a minha forma suprema. O futuro que eu visava de verdade, seguindo em frente em velocidade total, era um só. Era me tornar um herói.

Eu queria virar um herói. Que rissem de mim, que me chamassem de idiota, mas desde pequeno, sonhava de verdade em virar um herói.

---

3. *Primeiro Período*: Universidades japonesas têm dois períodos de exames de admissão (cuja tradução literal seria "Período Anterior" e "Período Posterior"), sendo o primeiro em fevereiro e o segundo em março. É costumeiro o segundo período ter dificuldade reduzida e ser mais concorrido.

Diante dos meus olhos, no mundo real, havia um calendário e as lombadas de livros didáticos, porém eu já não estava os vendo. Deixei de distinguir realidade de imaginação e meus olhos só estavam vendo um cenário dos sonhos.

No mundo imaginário, sombras escuras começaram a se esticar dos meus pés enquanto eu estava sentado na cadeira. Em meio a elas, foram criadas as menores matérias possíveis. O fenômeno que tremulava variando de tom parecia um bando de pássaros ou um cardume, ou quem sabe cúmulos-nimbos subindo para a vastidão do céu, ou chamas balançando ao vento, ou a aurora, as ondas no fundo d'água... Talvez até uma selva sob tempestade.

Inchavam e murchavam, colidiam umas nas outras e se quebravam; explodiam, eram consumidas, derretiam, se misturavam e mudavam. Enquanto se contorciam livremente, tomavam outra forma e, em dado momento, eu me lembrei do meu projeto de vida. Pontos se tornaram linhas, linhas se tornaram planos, planos foram engrossando e ganhando volume até um corpo forte ser formado no vazio. Foi assim que o novo eu foi criado e apareceu subitamente no mundo.

Esse eu usava um traje preto que se misturava na escuridão; no rosto, tinha uma máscara que escondia a minha identidade; havia uma espada que destruía o mal na mão direita e um protetor no peito, botas, luvas nas duas mãos... Tudo era preto, um tom fosco e profundo.

Como que iluminado por um feixe de luz que vinha do teto, o herói – ou seja, a minha silhueta – surgiu no mundo real silenciosa e repentinamente. Apenas o contorno dele estava brilhando. Eu era um herói da justiça solitário que se levantava do meio de poeira revolvendo, como se fosse fumaça. Era agora o momento prometido que estava gravado na minha vida – talvez.

Uma forte sensação de realidade me atravessou como se fosse um raio. Não quis perder essa sensação e me levantei da cadeira com rapidez. Persegui absorto as memórias do futuro que iam se dissipando.

Capítulo 1

Quando o meu corpo real se sobrepôs perfeitamente à silhueta do herói que imaginei, as minhas pernas se abriram naturalmente, como se tivessem sido ensinadas. Abaixei o quadril e, como que guiado, dei um grande giro sincronizado com os braços e...

— ...Traaansformar! Há! — Dobrei uma das pernas e fiz uma pose. — O herói chegou!

"Zup!", fiz com os olhos, dando uma espiada discreta no espelho que tinha na parede. Então vi um idiota.

O idiota era eu. Estava usando a costumeira blusa de frio da Uniqlo[4] e uma calça que usava em casa que deixava um joelho para fora. Tinha chinelos surrados nos pés e a franja erguida com uma faixa. Um eu extremamente familiar e ridículo estava sendo refletido com toda a sua idiotice, sem nada diferente da aparência com que estava antes.

Lógico. Era óbvio. Eu sabia disso. Jamais pensaria, claro, que me transformaria de verdade. Eu já estava no terceiro ano do ensino médio e, ainda por cima, era um homem feito que estava para prestar vestibular. Era óbvio que não tinha feito uma pose de transformação acreditando nela; estava brincando, obviamente. Era só uma piada sem graça depois de ter me cansado de estudar, lógico.

Ao mesmo tempo que ria da minha própria idiotice, sacudi a cabeça, disse "Nááão", e tentei voltar para os estudos. E foi bem nessa hora que...

— ...?!

...descobri que conseguia, da pose com uma perna para a frente, dar um salto reto vertical. Devia ser uma habilidade bem especial, mas não tive tempo para me ater a isso: pela fresta da porta, que tinha sido aberta em algum momento, a minha mãe estava me observando silenciosa e fixamente, com a ceia de bolinho de arroz e chá nas mãos.

---

4. *Uniqlo*: Marca japonesa de roupas casuais, uma das maiores redes de fast-fashion do mundo.

Ela ficou com a cara vermelha sem dizer nada e, olhando para mim, abriu ao máximo a boca e as narinas. Teve destreza o bastante para gargalhar usando só os músculos da face. Deixando escapar um "Fff... Hmm! Fff...!" desafinado do fundo da garganta, ficou com as pernas trêmulas feito um cervo recém-nascido e uma veia saltada na testa. Os olhos lacrimejavam e, quando prestei atenção, tinha até ranho saindo do nariz. Tinha achado o próprio filho tão engraçado assim?

Imaginei com todas as forças um eu ignorando essa situação silenciosamente, com uma cara indiferente, mas isso não virou realidade. Enquanto a realidade não alcançava a imaginação, a minha mãe começou a gargalhar de verdade, quase caindo de joelhos: "Iiihihi... Hiiih! O-o que... O que você...? Ahaha! Huaaaahahahaha!". Eu contorci o meu pescoço desesperadamente e me concentrei no exterior da janela. A gargalhada da minha mãe era uma metralhadora. E as estrelas eram buracos abertos no céu da noite pelas balas. Bem que eu poderia ser atingido de uma vez, também, e perder a consciência...

O que eu tinha visualizado antes realmente tinha parecido real; tinha sentido o corpo do herói a que me sobrepus e até o calor da pele e o cheiro do seu sangue. Achei que ele realmente estava aí. Eu tinha, mesmo, me sentido desse jeito, mas... "Aff", para que os heróis surgiam nesse mundo? Para fazer seus pais se contorcerem de tanto gargalhar? Para que bolinhos de arroz nesta terra de vergonha, que não caíam da bandeja não importando o quanto eram balançados, fossem enaltecidos pela sua estabilidade fora do comum?

**

A partir de agora, vou falar um pouco do meu pai falecido. E também da minha mãe.

Capítulo 1

O meu pai tinha sido um herói. Eu queria ir para aquela universidade porque era onde ele tinha estudado e queria viver nesta cidade porque era onde ele tinha vivido. E queria virar um herói porque o meu pai tinha sido um.

Ele tinha morrido alguns dias antes de eu nascer, sem me ver. No dia em questão, o rio estava com o nível d'água elevado e, na ponte sobre ele, um furgão sofreu um acidente. O furgão atravessou a defensa metálica e caiu na água. O meu pai, que tinha visto isso, orientou uma pessoa que estava por perto a avisar as autoridades e se atirou no rio em pleno inverno. Era dito que ele nem tinha hesitado.

Ele foi resgatando pessoas umas após as outras do furgão afundando, com movimentos sobre-humanos, e mesmo quando a última pessoa, uma menina, ficou presa no veículo, o meu pai não desistiu. Ele mergulhou fundo várias vezes na água gelada e turva, deu um jeito de puxá-la do furgão amassado, a levantou até que fosse alcançada pelas mãos das pessoas na margem do rio e... Ele mesmo afundou.

Devia ter ultrapassado os limites de sobrevivência de uma pessoa. Era dito que, quando o meu pai ficou sem forças e foi levado pela correnteza, algumas pessoas chegaram a correr atrás dele desesperadas, mas não conseguiram alcançá-lo. Depois de se passar uma noite, na manhã do dia seguinte, o corpo dele foi encontrado a quilômetros de distância. Parecia que tinha se machucado muito enquanto era levado pela correnteza e estava destruído.

A morte do meu pai foi noticiada repetidamente e houve um mar de elogios. As pessoas que tinham sido salvas e as pessoas que também haviam ajudado no resgate não tinham se esquecido do meu pai mesmo depois de dezoito anos do ocorrido. Todos que conheciam aquele acidente diziam que ninguém teria se salvado se ele não estivesse lá. O meu pai tinha se sacrificado para salvar pessoas, era um verdadeiro herói do bem.

Quando falava do meu pai, a minha mãe sempre sorria feliz, ficando com o rosto todo corado como se fosse uma mocinha e falando com muita timidez. As piadas de viúva dela – "É claro, eu pensei 'Por que bem agora, no mês do parto?'. Ele deixou crias para trás e depois morreu destruído em um rio. Tava se achando o quê? Um peixe?" – brilhavam nessa hora.

"Eu chorei por um tempo", ela dizia, "mas ele era uma pessoa que, quando via gente sofrendo por perto, não conseguia ignorar. Era mesmo um herói de verdade. Fico muito feliz por ter conhecido ele. Formei uma família e você está aqui. Desde que o conheci, sou cheia de felicidade todos os dias".

O grande romance dos meus pais não podia ser abalado só porque ele tinha morrido e seu corpo tinha sumido. A minha mãe continuava o adorando, realmente estava feliz por estar conectada a ele como uma família. Eu tinha certeza disso, já que eu era o filho dela e pensava assim.

Para ela, até uma simples cortina era um tesouro porque tinha sido tocada pelo meu pai. Ou livros, ou a marca na parede que ele ficava olhando, ou o café de que ele gostava, a passarela que ele tinha atravessado, o macarrão instantâneo que ele vivia comendo, o sol, a lua e, embora não visíveis aos olhos, as estrelas distantes que o tinham iluminado. Para ela, tudo – fosse pequenino ou grande – era um tesouro insubstituível. Prezava, de coração, tudo com que a consciência do meu pai tinha tido contato.

Havia inúmeras coisas importantes para a minha mãe dentro de casa, na cidade, no mundo, no planeta, em vários lugares do espaço sideral. Pelo visto, havia infinitos tesouros, já que havia infinitos sentimentos. Quando ela tocava no que era importante, seus dedos ficavam gentis, e o olhar de quando observava algo assim importante também era macio. Como se essas coisas fossem o meu pai, ela tocava com gentileza e observava com maciez. Fazia o mesmo comigo: era por isso que eu conseguia encontrar o meu pai dentro de mim.

O que mais me deixava feliz agora era o "Você começou a ficar idêntico ao seu pai" que as pessoas que o conheciam diziam.

Capítulo 1

A minha mãe também falava isso para mim. Ela dizia que, às vezes, até mesmo me confundia com o meu pai e ficava estupefata.

Se eu era tão parecido assim, eu também conseguiria virar um herói. Um dia, de todo jeito, viraria um herói como ele. Era acreditando nisso que eu sonhava e esse sonho, para mim, era como uma promessa com o meu pai. Acabamos não conseguindo nos encontrar nesse mundo e achava que o nosso laço era eu conseguir acreditar dedicadamente nesse meu futuro.

Quando eu era pequeno, a minha mãe me ensinou as três regras de um herói. Aparentemente, era algo que o meu pai, no passado, tinha contado somente a ela: primeiro, um herói jamais deve ignorar um inimigo do mal; segundo, um herói jamais deve lutar por si mesmo; e terceiro, um herói jamais deve perder.

O meu pai tinha morrido, mas eu não achava que ele tinha perdido: as vidas salvas eram uma prova de vitória. Ele não tinha desaparecido por ter perdido para um inimigo; tinha se tornado uma figura invisível para vencer. Embora eu não conseguisse vê-lo, ele estava em todos os lugares. Era grande, forte, gentil e caloroso, conseguia sentir o meu pai em qualquer hora e qualquer lugar. O mundo em que eu vivia estava cheio dele.

A história sobre o meu pai acaba aqui. Agora, sobre a minha mãe... E também tem um pouco sobre mim mesmo.

***

Bem, é agora que realmente começa a minha história. A história de Kiyosumi Hamada, que, tolamente, tentou virar um herói de verdade. E também a história de Hari Kuramoto.

Parando para pensar, eu e Hari tínhamos vivido um período bem curto juntos. Queria ter ficado mais tempo com ela; queria ter ficado com ela para sempre. Eu não conseguia me esquecer da segunda-feira em que havia a conhecido.

Hari logo desapareceu do mundo. Tinha sido um encontro extremamente perturbador, que chegava até mesmo a prever esse desfecho.

2

    O horário de entrada na minha escola era, em todas as manhãs, 8h15. Mas a primeira segunda-feira do mês era uma exceção. Nela, todos os alunos se organizavam em filas no ginásio esportivo até as 8h e tinham de ouvir, com gratidão, os discursos do diretor, do vice-diretor e do conselheiro educacional.
    Ou seja, no total, havia dez reuniões gerais por ano. E isso sem contar cerimônias de início e de encerramento do ano letivo e várias outras cerimônias... Não era um pouco demais? Eu, que fazia parte das pessoas reunidas, sempre pensava nisso. Eles mesmos não estariam sofrendo por terem de arranjar assunto para falar todo mês?
    Para completar, era complicado que fosse a "primeira segunda-feira do mês". Como caía em dias diferentes a cada mês, não conseguia fixá-la dentro de mim como parte de um ciclo. Sabia-se lá quantas vezes eu tinha, nos últimos três anos, me atrasado para a reunião no ginásio esportivo...
    Hoje, era a mesma coisa. "Ah! A reunião!", pensei. Eu reparei que tinha feito besteira só depois de entrar na sala de aula vazia e silenciosa. Bem que eu tinha achado que não tinha ninguém desde os portões da escola. Não tinha ninguém na sapateira da entrada[5], nos corredores nem nas escadas, então todos já estavam no ginásio fazia tempo.

---

5. *Sapateira da Entrada*: Em escolas japonesas, é comum haver um espaço na entrada da edificação para se trocar dos sapatos usados no exterior para sapatos de interior, sendo a finalidade atual não sujar o interior da escola.

A minha qualidade como pessoa era esta: alguém que não conseguia reparar nisso até chegar na sala de aula.

Agarrei o casaco e o cachecol, praticamente os arrancando de mim, os joguei na direção da minha carteira junto da minha bolsa e saí correndo da sala. Corri a toda velocidade no corredor.

Obviamente, eu não tinha vontade de participar da reunião geral. Tínhamos de ficar de pé por todo o tempo, era frio demais e cansativo, simplesmente uma tortura. Mas eu não tinha a opção de faltar na reunião: se não aparecesse, levaria um longo sermão do professor coordenador. E se eu mentisse, dizendo "Mas eu estava lá", ele diria algo como "Então me conta tudo que disseram hoje!" e o problema aumentaria. Eu já tinha feito isso uma vez, aprendi a minha lição e decidi que nunca mais o faria. Era muito mais fácil aparecer na reunião geral, mesmo que atrasado, do que faltar.

Quando saí para a passagem que seguia do prédio da escola para o ginásio esportivo, o frio penetrou no meu corpo sem casaco. O ar expirado fez fumaças brancas na minha frente, como se fosse o vapor de um trem. Os céus nublados também estavam totalmente brancos e parecia que, a qualquer momento, começaria a chover leite gelado.

Fui entrando discretamente no ginásio, sem chamar a atenção, e vi como o diretor já estava no palco. A tão divertida reunião geral já tinha começado.

Era regra as filas serem, da frente para trás, de alunos do terceiro ano, do segundo ano e do primeiro ano. No ginásio amplo, cabeças de homens e mulheres se encontravam em fileiras apertadas, sem frestas. Seria complicado me misturar na fila da minha classe passando por entre as pessoas do segundo ano, portanto, sem opções, fiquei atrás dos alunos do primeiro ano. Eu queria chamar a atenção do meu professor coordenador – "Estou aqui!" –, mas a fila dos professores era distante de onde eu estava. Não achava que ele fosse reparar em mim. Pelo visto, hoje eu teria de ficar misturado aos alunos do primeiro ano.

Capítulo 2

O assunto, como sempre, era uma bobagem. O diretor vinha de uma família de camponeses e, no inverno, tinha sofrido com rachaduras na pele seca, o que ele nos contava: "Ficavam aparecendo vários cortes no sentido dessas linhas horizontais das juntas". Isso era uma coisa que realmente precisávamos ouvir, nos reunindo desde cedo para trocarmos entre nós as bactérias de resfriados e vírus de influenza personalizados que havíamos cada um cultivado dentro do corpo?

Por um tempo, fiquei resistindo quieto ao discurso entediante; porém, num dado momento não consegui mais aguentar e acabei virando a cabeça para bocejar. Foi aí que reparei em como um grupo de alunos do primeiro ano que estava na minha diagonal, à frente, estava fazendo algo estranho.

"...O que estão fazendo?"

Estavam jogando, de trás, alguma coisa em uma garota pequena. Eram pedaços de papel? Pareciam lencinhos ou algo do gênero, amassados em bolinhas. Bem, devia ser lixo. Havia três... não, quatro garotos jogando lixo. E havia ainda mais pessoas, homens e mulheres, rindo enquanto os viam.

"Hihihihi", eles faziam, rindo baixinho, e nenhum dos professores havia reparado nisso. O diretor, no palco, estava absorto com a própria história. Não havia ninguém para pará-los e o chão aos pés da garota que usavam de alvo já estava cheio de lixo.

"É bullying?"

Quando pensei nisso, senti algo se estendendo dentro da minha barriga, como se tivesse bebido um veneno sombrio. A garota, em meio a risadas que eram mais frias do que o ar do exterior, estava resistindo sem mover nem um músculo sequer. Pedradas de maldade a atingiam nas costas, nos ombros e na cabeça, umas após as outras. Não era como se estivessem jogando algo que fosse machucá-la, mas estava longe de ser uma cena agradável.

Acabei vendo algo desagradável logo cedo. Desviei o olhar, porém não me senti melhor por não estar vendo. Quando voltei o olhar para eles outra vez, um idiota tinha jogado um dos seus sapatos. O objeto voou desenhando um grande arco e pousou com um ridículo "Ploc!", atingindo a cabeça da garota.

— ...!

Então rolou e parou de ponta-cabeça aos pés dela. Tive a impressão de ter ouvido um pequeno grito, mas ele logo ficou perdido em meio a vários sussurros que não conseguiam conter por completo as risadas:

— Pfff...

— Quem foi?

— Vai acabar levando uma bronca.

— Que hilário...

Só que eu tinha ouvido. Tinha mesmo, com certeza, ouvido um gritinho. Tinha chegado aos meus ouvidos.

Um cara que estava na minha frente, provavelmente querendo conseguir risadas também, tirou o seu sapato. Ele pôs o braço para trás para jogá-lo, mas eu, por reflexo, o agarrei pelo cotovelo com força, por trás. O rosto que se virou espantado era bem novo e eu acabei resfolegando com a inocência nele. Como ele podia ser tão criança se tínhamos só dois anos de diferença?

— Para.

Foi tudo que eu consegui falar. Não consegui falar nada elaborado de última hora. A minha voz foi rouca e também não consegui dizer mais nada depois. Mas, de qualquer forma, o encarei nos olhos com seriedade e força, como quem diz: "Para com isso. Você não pode fazer essas coisas".

Esse aluno do primeiro ano estava com uma expressão desconcertada, como se dissesse "Quem é você?", porém reparou em como eu era um aluno do terceiro ano ao ver a cor do feltro com o emblema da escola. Ele exibiu um sorriso repentino para disfarçar e disse curvando um pouco a cabeça, dando de ombros:

— Não, eu só estava brincando. Desculpa. — Para as outras pessoas que se viraram, reparando no nosso diálogo, ele sussurrou

Capítulo 2

em tom de brincadeira: — Levei uma bronca de um veterano que não conheço.

Alguns alunos do primeiro ano, risonhos, se viraram para mim enquanto se cutucavam com o cotovelo. Cochicharam uns para os outros e depois riram de novo. Fiquei meio inconformado, pois parecia que estavam debochando de mim, mas, por ora, ninguém mais tentou jogar lixo naquela garota.

E foi nessa hora que a vítima que estava sendo feita de alvo se virou para mim. Olhou para a minha cara... ou foi o que pareceu. Eu senti um olhar vindo por entre os fios da franja longa apenas por um instante e os olhos logo se viraram.

Quando a reunião geral terminou, o ginásio esportivo logo ficou barulhento. Havia quatro portas para retornar ao prédio da escola e o bando com uniformes iguais de cor azul-marinho foi se deslocando em uma correnteza, se separando e saindo pela saída mais próxima enquanto conversava.

E a garota que tinha sofrido bullying estava agachada, como se fosse uma pequena pedra interrompendo a correnteza. Estava catando, em silêncio e sozinha, os muitos pedaços de papel e o sapato (o dono dele tinha ido embora com um pé descalço?) que haviam sido atirados nela. Era uma cena extremamente triste. As garotas que passavam logo ao lado dela, porém, cuspiam palavras fortes com olhares afiados, como "O que ela tá fazendo?", "Aff, que irritante" ou "Você tá atrapalhando!". Era como se estivessem jogando pedras de maldade. O que tinham feito antes não tinha sido o suficiente?

As costas pequenas e encolhidas tinham a cabeça baixada, sem nada retrucar. E foi muito difícil eu não falar com essas costas.

— Ei — chamei suavemente a pobre garota. — Eu vi o que aconteceu. Sempre fazem aquilo com você? Você já conversou com o seu professor coordenador?

Não houve resposta. A garota nem ergueu a cabeça e a única coisa que moveu foram as mãos. Talvez não tivesse me escutado, pois o ginásio estava barulhento.

— Ei, escuta.

A toquei nas costas com a mão, devagar. Bem de leve. Um "Tuc", só para que reparasse como eu estava falando com ela de trás. Fiz como qualquer um faria normalmente. Com uma força que jamais causaria dor e com um comportamento com bom senso em relação a uma garota mais nova da qual nem sabia o nome. Só dei um pequeno toque nas costas, como se fosse um sinal, mas…

— AAAAAAAAAAAAAAAAAAAAAAAAAAAAAHHHHH!

Como assim…? Ela berrou de repente na minha cara e eu…

— …

…congelei sem conseguir fazer nada. O lugar em que eu tinha tocado, por azar, era um botão para explodir uma bomba? Ou, quem sabe, tivesse ocorrido uma reação química perigosa com o impacto. A minha mão tinha a tocado, por coincidência, em algum inchaço ou ferimento que estava tratando? Não sabia o que tinha acontecido, mas, fosse como fosse, eu tinha cometido algum erro.

Ela, no momento em que foi tocada nas costas, deu um pulo súbito, berrou e, feito um rojão giratório, saiu rodando e explodiu. Pulou para trás com toda a força usando os dois pés, se afastou por cerca de um metro e, agora, estava me encarando com as costas muito curvadas, feito um gato. Estava me encarando fixamente. Ainda estava encarando…

"Ela tá me olhando!"

Entretanto, não consegui dizer nada e fiquei apenas sendo encarado atônito. Era a primeira vez, na minha vida, que me deparava com alguém que berrava e pulava desse jeito. De tão inexplicável que tinha sido, fiquei com muito medo. Não fazia ideia do que fazer. Fiquei estacado de pé como uma estátua de gelo e, olhando de frente para os olhos dela, me esqueci até de como respirar.

Capítulo 2

Soube que a minha testa estava começando a ficar suada, por algum motivo. Então, quando ergui a mão direita com a intenção de jogar para trás a franja que grudava na pele...

— AAAAAAAAAAAAAAAAAAAAAAAAAAHHHHH...

Houve a segunda onda. Fui atingido de frente por outra explosão de grito.

— ... — E continuei sem conseguir dizer nada. Congelei com ainda mais rigidez e a situação ficou ainda pior.

Mas o que, afinal, era isso? Por quê? Por quê? O que aconteceu? O que eu tinha que fazer? Eu também deveria gritar? Ou, quem sabe, ela quisesse uma resposta vocal ritmada. Só que isso era complicado. Era claramente impossível; ela não podia exigir algo assim de repente. Inclusive, o que eu deveria fazer com a mão direita que continuava no ar?

Para constar, espantosamente, o grito da segunda onda ainda estava continuando em um "Aaaaaaaaah...". Estava bastante longo, quem sabe por não ter pulado desta vez. Os ombros magros dela tremeram e, como que usando todo o oxigênio que restava no corpo, fez um "...aaaaaAAAAH!" e finalmente terminou. Ela terminou de gritar. E a finalização tinha sido eficiente.

Primeiramente, baixei a mão direita com muito cuidado e tive sucesso, pelo menos, em não a sobressaltar. Só que a garota continuava olhando para mim. Eu achava que seria arriscado fugir correndo. Se eu lhe desse as costas e corresse de repente, talvez fosse estimular mais o seu instinto natural e fosse me perseguir. Mas, por outro lado, também era arriscado fingir de morto. Poderia ser fatal, caso resolvesse dar uma mordida para saber se eu era comestível ou não. Aliás, por que eu estava tentando me recordar de soluções de quando se deparava com um urso? Parecia um pesadelo. Só consegui encará-la de volta enquanto estava travado de pé. Eu não sabia nem sequer se poderia desviar o olhar. A única coisa que sabia era que essa situação...

"...Putz..."

...era péssima. Eu não tinha pensado em nada de mais quando havia a visto de costas, porém, agora que ela estava de frente para mim, bastava uma olhada para saber como era um problema. E em níveis bem graves.

Os cabelos pretos de textura empoeirada que pareciam estranhamente pegajosos cobriam o seu blazer até abaixo do peito. Ela tinha a postura de um idoso, com as costas curvadas. A meia-calça preta grossa demais estava cheia de bolinhas. A saia de pregas já inexistentes era comprida demais e o rosto, que estava meio escondido atrás da franja escorrida, era anormalmente pálido. O queixo pontudo, a única coisa que estava um pouco visível, era magro demais. Parecia que a maciez e os traços arredondados de uma garota adolescente tinham sido arrancados com uma faca ou algo do gênero. Cheguei mesmo a sentir que o seu crânio era fino. Talvez fosse se quebrar em pedaços, com facilidade, com o menor dos impactos. Se, por acaso, eu a socasse – jamais faria isso, claro –, talvez fosse se estilhaçar com mais facilidade do que vidro.

E os olhos. Os olhos também eram intensos. Estavam arregalados como que me fuzilando com o olhar e eram anormalmente grandes e esbugalhados. A curva dos globos oculares estava brilhando perigosamente, soltando faíscas. Esse olhar já bastava para me fazer pensar "Ferrou!". E a aura dela fez "Duuum!". Pareceu que todo o perigo dela se tornou um pilar ofuscante de luz, atravessou o teto do ginásio e se esticou até o alto dos céus.

Quando percebi, havia um espaço redondo totalmente vazio no nosso entorno. Eu fui deixado para trás em uma área perigosa de entrada proibida e escutei sussurros dizendo "Que medo", "Ela de novo...?" e "Que ferrado", porém ninguém interveio para me ajudar.

Eu não soube o que fazer e, depois de muito ficar em dúvida...

— ...Des-...

...com uma voz que soou deplorável até para mim mesmo...

— ...Desculpa...

Capítulo 2

...pedi desculpas. Eu não achava que tinha feito uma coisa ruim. Mas tive a impressão de que, antes de mais nada, tinha de pedir desculpas em voz alta e ser perdoado por algo. Eu estava com medo dessa garota a esse ponto. O que eu faria se a resposta fosse outro grito? Engoli em seco e fiquei tenso, porém não houve outro grito e um silêncio sufocante perdurou por alguns segundos. A situação estava estagnada.

Ela não tinha ouvido o meu pedido de desculpas...? Eu deveria repetir de mais perto? Temeroso, tentei me aproximar. Tentei colocar a ponta do pé para a frente, devagar. O olhar dela, de súbito, foi para esse pé. E quase ao mesmo tempo que eu soube disso...

— Uôu?!

Algo foi jogado em mim. Eu me espantei e recuei, mas não fui rápido o bastante e um impacto me atingiu bem na cara. "Tof! Bum!", fez algo, caindo aos meus pés. Olhei e vi que eram pedaços de papel e um sapato. A garota havia atirado em mim os pedaços de papel e o sapato que tinha nas mãos. Havia atirado, em mim – em mim! –, as pedras de maldade materializadas que, antes, haviam sido jogadas nela.

Em seguida, a garota girou nos calcanhares e deu as costas para mim com a velocidade de um animal selvagem, saindo correndo. Percebi que alguém disse "Ah. É meu" e recolheu o sapato que estava caído aos meus pés, porém não consegui falar nada.

Como se nada tivesse acontecido, como se mal tivessem reparado na minha presença, a horda de uniformes seguiu a correnteza. Era uma torrente azul-marinho que seguia para a saída.

...Não, eu não estava esperando um agradecimento. Não tinha sido por isso que havia a abordado. Não queria recompensas e eu, de verdade, não era a questão aqui. Estava tudo bem. Estava, mas...

"...Háááá...?!"

...era natural pensar "Como assim?", certo? Eu tinha feito alguma coisa para ela, por acaso? Parado junto do lixo, pisquei inutilmente várias vezes. Os meus braços e pernas estavam formigando e o meu corpo ficou muito pesado. Quando afastei a minha franja, um pedaço de papel rasgado caiu com leveza para o meu nariz, como que debochando de como eu não conseguia dizer nada.

Ela havia ficado calada, sem revidar. Não havia discutido com ninguém. "Mas eu, que interferi pra ajudar, fui tratado assim…?!" Eu detestava argumentos que diziam que vítimas de bullying também tinham culpa, porém depois de ter passado por essa injustiça… Não. Náááo. Não consegui concordar com isso, apesar de tudo. No entanto, apesar de não conseguir concordar, eu devia ter o direito de, pelo menos, ficar com dó de mim mesmo. "Pff", eu fiz, cuspindo no dorso da mão a poeira ou algo assim que havia entrado na minha boca. Deplorável, frustrante, triste, enervante…

— Kiyosumi!

Me virei ao ser chamado e vi Tamaru.

— Onde você tava até agora?

Ele, com casualidade, jogou o braço no meu pescoço e me puxou. Cambaleei e, discretamente, soltei um pequeno suspiro. Meu cotidiano finalmente havia voltado: a ocorrência anormal, por ora, havia acabado.

— …Então. Eu cheguei atrasado e tava atrás do pessoal do primeiro ano.

— Ah, é? O que foi? Por que você tá em choque?

— E aí eu vi um caso que parecia bullying.

— Quê? Sério?

— Eu meio que dei uma bronca pra pararem.

— Nossa. Boa.

— Só que terminei assim… O que foi aquilo? Não tô entendendo nada, de verdade. De verdade, não tô entendendo nada… Só sei que, sei lá, foi péssimo…

— Eu não entendo é do que você tá falando. E por que você tá com lencinhos no ombro? Que nojo. Por acaso assoou o nariz nisso daí? Aff. Tem um monte caído no chão. Ai, Kiyozinho, que menino malcriado você é.

Capítulo 2

Pelo visto, Tamaru não tinha visto nada do que havia acontecido. Achou que o lixo que tinha sido jogado em mim era algo que eu havia derrubado e se abaixou para recolher um pouco dele. Mas...
— Uôu?! O que é isto?!
Ele repentinamente largou o lixo no chão. Eu olhei por reflexo e quase gritei também. Os pedaços de papel amassados eram folhas para anotações e, com letras grandes, tinham nitidamente escritas uma comprovação da maldade: "Se mata". Acabei vendo essas duas palavras e senti um medo evidente. Eu tinha ficado com medo da garota de antes, porém, agora, fiquei com um medo muitas vezes mais forte. Essa maldade de duas palavras, sem criatividade a ponto de ser inocente, me deixou com medo.

*

Por um acaso, Tamaru não havia visto o pesadelo de alguns minutos de depois da reunião, porém algumas outras pessoas haviam visto tudo. Só que não houve nenhuma grande comoção e tampouco fui o assunto do momento dentro da sala de aula.
— Parece que ela não bate bem.
Houve, no entanto, uma gal[6] que veio me dar uma espécie de alerta. Quando eu estava almoçando no intervalo, como sempre conversando com Tamaru na carteira dele, Ozaki se aproximou.
A garota jogou para trás os cabelos sedosos e, enquanto estávamos sentados, nos olhou de cima com soberba desnecessária, por alguma razão. Sua camisa estava com a gola desabotoada e o anel que mostrava como tinha um namorado estava em uma corrente. Mostrava como era chata – anéis deveriam ser usados em dedos.

---

6. *Gal*: Ou gyaru é uma expressão que teve início em um movimento da moda da década de 70 e se tornou popular na década de 90, se referindo a garotas geralmente com cabelos descoloridos, maquiagem pesada e vestuário chamativo. Atualmente, porém, também é usado para se referir a garotas bastante extrovertidas, vaidosas e despreocupadas.

Por que chamar a atenção para isso? Estava chamando a atenção de quem? Era uma chatice só, porém...

— Como assim "não bate bem"? — Já que estávamos aqui, resolvi ouvir o que tinha a dizer.

— No primeiro ano, sabe?
— Hein?
— Eu tenho lá, certo?
— O quê?
— Uma irmã.
— Há?
— Minha irmã.
— Sua irmã?
— Isso. E aí eu falei com ela.
— Você... falou com a sua irmã.
— Isso. Aí ela falou de você.

— Olha, não é por nada, mas será que você pode desenvolver a conversa usando umas frases maiores e mais dinâmicas? Enquanto a gente tá perdendo tempo, a minha comida tá ficando seca.

— Na reunião, você tava conversando, não foi? Com uma menina. Uma esquisita, do primeiro ano.

— Ah... Ah, tá. Aquilo.

Eu não consegui aceitar muito bem a palavra "conversando", uma descrição bem pacífica, mas consegui entender do que ela estava falando. Era sobre a ocorrência que estava me deixando ligeiramente confuso por todo o período de aulas da manhã.

— Mas o quê?! Ela é a sua irmã, Ozaki?! Caramba. Vocês não se parecem...

— Claro que não. Sabe a minha irmã? Ela é do primeiro ano. No primeiro ano, estão falando de você. Estão falando que alguém do terceiro ano conversou com a "Hari Kuramoto". Parece que ela é um problema. Que é meio louca. Ninguém gosta dela no primeiro ano.

— Hari Kuramoto... É o nome dela?

Capítulo 2

— É só.

Ozaki apenas disse o que queria e logo voltou para o grupo de garotas. O cheiro doce demais que deixou um leve rastro para trás devia ser de um perfume, de um xampu ou de um desodorante.

Tamaru, observando as costas dela, inclinou a cabeça desentendido.

— Hari Kuramoto? Hariku Ramoto? Ha Rikuramoto? Moto... Motoharu Sano[7]?

Pelo visto, estava em dúvida sobre o que era nome e o que era sobrenome.

— "Kuramoto" deve ser o sobrenome; é um sobrenome comum.

— Ah. Mas, aí, ela chama "Hari". Tipo "agulha"? Pra que dar um nome desses? Se ela for pro exterior, vai ser chamada de "Needle Kuramoto".

O nome foi tão adequado que quase comecei a rir. "Needle Kuramoto", uma criatura misteriosa cheia de espinhos afiados que estava gritando no ginásio esportivo. E eu era a vítima idiota que tinha sido furada por ela.

Tamaru jogou na boca o acompanhamento da sua refeição e continuou a falar enquanto mastigava:

— Será que ela tá sendo maltratada por causa do nome esquisito?

— Até parece. A gente não tá no fundamental.

— Mas o que estavam fazendo é coisa de criancinha do fundamental mesmo. Que nem aqueles papéis de mais cedo, escrito "Se mata". Aquilo me deixou arrepiado.

— E, antes disso, jogaram um sapato nela.

— Agh, que horror. O bullying de garotas é sombrio.

— Quem jogou o sapato foi um homem.

— Ih. Os caras também estão participando? Então é pior ainda. Aliás, o primeiro ano de agora tá tão hostil assim? Coitada.

---

7. *Motoharu Sano*: Cantor e compositor japonês, que lançou seu primeiro single em 1980.

— E no final, por algum motivo, ela ficou furiosa com o cara que interferiu pra ajudar: eu.

— É mesmo. Apesar de tudo, o maior coitado da história é você, Kiyosumi. Vai entender.

Tamaru riu enquanto devorava a sua marmita. Eu ri de volta, mas o meu apetite foi diminuindo rapidamente. Observei sem forças o resto de comida dentro do meu pote, cerca de um terço do total, e pousei os meus hashis.

Uma louca odiada; costas encolhidas e abaixadas que não retrucavam independentemente do que fosse dito; a figura indo embora que berrou duas vezes, atirou lixo em mim e fugiu; uma garota-problema que aparentava ser odiada por motivos plausíveis; que praticamente anulava pequenas estranhezas como a do seu nome... Ela não tinha nenhum aliado?

Vendo como eu tinha parado de comer de repente, Tamaru perguntou:

— Você não vai comer o frango frito? Eu posso comer?

Empurrei a minha marmita na direção dele, para que conseguisse pegar o frango com facilidade, e mais uma vez me recordei daqueles terríveis gritos. Ninguém iria querer se aproximar e virar amigo dela depois de ter visto uma coisa daquelas. Não era por menos que a consideravam uma louca. Talvez fosse natural que não tivesse aliados, tendo em vista a atitude que teve comigo, mas...

— Acho que, no final das contas, eu não sou o maior coitado...

As pedradas de maldade que iam de todos os lados na direção de um pequeno alvo eram como uma grande chuva de mísseis. "Se mata, se mata, se mata", fazia enquanto chovia. E ela não tinha um guarda-chuva.

Era normal um ser humano desgostar ou temer alguém. E, às vezes, esse alguém seria o mesmo para várias pessoas. Mas por que isso se tornava o sinal para um ataque total? Por que não podiam apenas ficar indiferentes? Não conseguiam aceitar nem sequer o fato de que existiam

Capítulo 2

coisas no mundo que as desagradavam? Pessoas que praticavam bullying queriam, tanto assim, controlar arrogantemente o mundo todo?

Eu não achava que conseguiria comer mais. Nem uma bocada. Eu me sentia culpado em relação à minha mãe, mas deixaria comida sobrar. A Needle Kuramoto era venenosa: o veneno estava se espalhando a partir do coração, que tinha sido furado pela manhã, e agora eu estava com uma dor insuportável no peito.

— ...Não é meio sofrido ser maltratado por todo mundo do primeiro ano? Não ter nenhum aliado, ninguém pra ajudar — sibilei.

Tamaru, jogando frango frito na boca, assentiu.

— Bom, deve ser difícil.

— Eu vou perguntar pra Ozaki.

— Perguntar o quê?

— A turma da Hari Kuramoto.

— Há? Por acaso você vai até ela? Ei, Kiyosumi!

**

O mundo estava cheio de bullying. No passado, agora e provavelmente no futuro, também. Crianças faziam isso e, ao que tudo indicava, adultos também. Eu não conseguia imaginar um mundo em que não existia bullying, talvez houvesse até mesmo na minha turma, talvez eu só não tivesse reparado. Mas não era porque o mundo estava cheio disso que eu concordava; não conseguia aceitar nem um pouco, de jeito nenhum achava que isso deveria existir.

Ozaki havia me dito que Hari Kuramoto era da turma A do primeiro ano. A mesma turma que a irmã mais nova dela. Enquanto eu estava descendo as escadas sozinho para ir a essa classe, uma lembrança que normalmente ficava esquecida começou a ser reavivada na minha mente.

Eu também já tinha sido do primeiro ano. Naquela época, quantas vezes teria ido e vindo pelas escadas sozinho, durante o intervalo?

Eu não queria ficar em uma sala de aula em que não havia ninguém com quem conversar... ou melhor, não queria que descobrissem como eu era alguém que não tinha ninguém com quem conversar e sempre saía da sala, com pressa, depois de comer rapidamente, sendo que não tinha compromisso nenhum. Fazia uma cara de quem estava indo para algum lugar e ficava subindo e descendo essas escadas sem parar.

Depois de entrar para essa escola e as aulas começarem, as pessoas mais chamativas logo começaram a liderar a turma. E eu tive vontade de ser desse grupo; tive pretensões de, no ensino médio, mudar a imagem sem graça que passava para os outros desde o fundamental II. Quis ser um "eu que pertencia ao grupo; central da turma".

Quando esse grupo se juntava para conversar, eu ia abordá-los dizendo "Do que estão falando?". Achava que conseguiria me aproximar deles se conversássemos. Quando estavam comendo salgadinhos, eu esticava a mão e dizia "Me dá também". No caminho de volta para casa, eu seguia o grupo de trás. Não sabia para onde todos iam depois do cruzamento em que eu, que ia para a escola andando, dobrava a esquina. Mas eu supostamente fazia o caminho de volta com eles.

Mesmo quando só falavam de coisas que eu desconhecia, mesmo quando fingiam que não me escutavam e me ignoravam e mesmo quando ninguém esperava eu me arrumar para ir embora, achava que bastava o tempo passar para me entrosar naturalmente. Por que tinha sido assim? Por que tinha achado, arrogantemente, que os outros queriam ser meus amigos só porque eu queria ser amigo deles?

A ocorrência decisiva aconteceu em um certo dia de descanso. No dia anterior, o grupo estava animado, dizendo "Amanhã, depois de ver umas lojas de roupa, a gente podia ir no karaokê". E eu achava que fazia parte do grupo, me animando junto. Combinamos hora e lugar para nos encontrarmos. Refleti com seriedade sobre o que vestir, peguei a minha preciosa mesada, subi em um trem e saí entusiasmado.

Capítulo 2

Mas ninguém apareceu. Esperei bastante, das 10h até depois das 15h. Não consegui contatar ninguém que deveria aparecer, de uma forma que foi até estranha. Tive a impressão de que as muitas pessoas que iam e vinham da catraca estavam olhando para mim. Fiquei repetindo mentalmente "O quê?", "Por quê?" e "Fiz alguma coisa errada?". Contendo o choro com todas as forças, arrastei as pernas que tinham ficado duras como varetas para voltar sozinho e ridículo para casa.

No dia seguinte, na escola, eu usei ao máximo um tom alegre para dizer "Por que vocês não apareceram ontem?!", rindo como se fosse uma piada. Cheguei até a achar que reclamar desse jeito era do feitio de um amigo.

— Há? Do que você tá falando? — Essa foi a resposta. E deram as costas para mim, desentendidos.

Eu ainda não sabia ao certo o que tinha acontecido. Eles tinham combinado de me deixar esperando por horas, porque eu era irritante, e executado esse combinado? Ou simplesmente tinham mudado de planos e ninguém havia me avisado porque, desde o início, não me contavam como parte do grupo? Houve maldade ou não houve? O que seria mais doloroso para mim?

Fosse como fosse, eu entendi que "não ia dar". Desde o início, eu estava enganado, tirando conclusões sozinho. Para começar, ninguém queria ser meu amigo. Eu tinha apenas me obrigado a desviar o olhar dessa realidade evidente. Quando parei de me aproximar deles, não tive mais, obviamente, envolvimento algum com o grupo.

Como, até então, tentava me convencer desesperadamente de que fazia parte desse grupo, eu não me encaixava mais na sala de aula. Era por isso que, nos intervalos, ficava subindo e descendo as escadas sozinho ou indo para o banheiro da outra ala, fingindo com empenho que tinha algum compromisso. Eu andava com a mente vazia e fingia que era alguém desejado pelos outros. O meu coração estava destruído.

Achei que ninguém queria andar comigo porque eu não tinha valor algum. Era difícil aceitar o fato de que não gostavam de mim. Queria largar a escola o tempo todo e chegava até a querer morrer. E só havia continuado a frequentá-la sem faltar porque eu não queria que a minha mãe, que havia me criado sozinha, soubesse que o seu filho estava nessa situação deplorável.

Eu, no entanto, fui salvo com facilidade, de uma maneira que espantou até a mim mesmo. Tive de fazer tarefas com um cara com quem não tinha falado antes e, quando conversamos, nos demos estranhamente bem. Nos divertimos conversando e era difícil parar de falar. Nenhum de nós combinou ou prometeu nada, mas, quando me dei conta, tínhamos passado a andar juntos. E esse era Gengo Tamaru.

Por três anos, por acaso (Tamaru do acaso?), Tamaru foi da minha turma. Conheci várias outras pessoas que considerei amigas e me chamavam de amigo. A minha vida no ensino médio, no total, tinha sido boa. Achava até mesmo que era uma pena que iríamos nos formar, pois o dia a dia tinha sido divertido.

As salas do primeiro ano ficavam no segundo andar. Fui andando por corredores nostálgicos quando vi, na parede, os trinta melhores no resultado final do simulado. O nono colocado estava com um monte de tachas furando o espaço ao lado do número e o seu nome não estava visível. Parei e fui tirando as tachas uma por uma. E foi como eu esperava: o nome que havia aí era "Hari Kuramoto".

"O caractere não é de 'agulha'. É o de 'cristal', igual ao usado no provérbio 'Lazulitas e cristais brilham quando iluminados'[8]...". Pensei, com sinceridade, que era um nome bonito.

---

8. *Lazulistas e cristais brilham quando iluminados*: Provérbio japonês cujo significado é que pessoas com talento (representadas no provérbio como "lazulitas e cristais" por serem pedras preciosas) sempre chamam a atenção ou conseguem mostrar esses talentos quando existe a oportunidade. As palavras em japonês para lazulitas e cristais, nesse ditado, são palavras relativamente antigas ("ruri" e "hari") e não as comumente usadas na atualidade para se referirem a tais pedras.

Deixei as tachas espetadas no espaço em branco. Os muitos buracos abertos no nome pareciam feridas. Apesar de pequenas, eram profundas e deviam causar dor. Não era como se eu pudesse curá-las, mas acabei as acariciando com suavidade. Fiquei com um pouco de tinta preta nas polpas dos dedos e continuei a andar com os dedos sujos.

No passado, não me encaixava. Fui odiado, não me aceitaram e eu era solitário. Contudo, se me perguntassem se eu tinha sido vítima de bullying, não conseguiria assentir. Se, naquela época, tivesse chamado aquela solidão de "bullying" e tivesse considerado aquela situação um ataque, não teria conseguido levar a vida escolar feliz que tinha agora.

Eu havia sido apenas solitário e não tinha sido uma vítima atacada. E a solidão teve um significado. Agora, eu sabia que não era óbvio outras pessoas quererem ser amigas. Sabia que não era nada óbvio outras pessoas me considerarem importante. Sabia como isso era gratificante porque era difícil de acontecer. E eu havia descoberto isso graças àquela solidão. Porque tinha sobrevivido em meio a ela, depois de experienciar sozinho as trevas silenciosas que não me deram opções senão encarar a minha insignificância. Eu não conseguia descrever o quanto havia ficado feliz pela mão estendida para mim nas trevas. Pela amizade voltada a alguém como eu.

Se não tivesse conhecido aquela solidão, eu não valorizaria tanto os amigos, não valorizaria tanto as outras pessoas. Teria continuado a ser um moleque arrogante que se achava, não teria conseguido conhecer pessoas que me valorizavam.

Para mim, as épocas de quando era solitário era um passado doloroso de que não gostava muito de me lembrar. Mas, ao mesmo tempo, eram um tesouro precioso. Um patrimônio. Jamais conseguiria jogá-las fora.

Eu não podia confundir solidão com bullying. Não ser abordado por ninguém era diferente de ser acertado nas costas por um sapato. E chorar por ter de encarar a própria insignificância era diferente de ser atingido por lixo em que estava escrito "Se mata".

Solidões poderiam em algum momento se tornar um tesouro quando carregadas sozinho, porém o mesmo não acontecia com bullying. Essa perversidade deixava para trás apenas dor e feridas. Quando alguém era esmagado, seu futuro era perdido. E não havia significado em aguentar uma coisa dessas.

Enquanto andava, olhei para a tinta nas pontas dos dedos. Para mim, a tinta parecia ter saído das feridas de Hari Kuramoto, uma comprovação de que estava sentindo dor. Se eu tivesse ignorado e deixado passar o bullying depois de ter conhecimento dele, dizendo que eu não tinha nada a ver com isso, seria o mesmo que jogar fora o tesouro que havia trazido comigo até agora. E não no sentido de que voltaria a ser solitário. Isso faria com que tudo – o passado, o futuro, os amigos e a família, incluindo o mundo em que vivia – fosse estragado, e com as minhas próprias mãos.

A solidão havia me ensinado que o mundo era divido em apenas duas partes. Um pontinho extremamente pequeno, o "eu mesmo", e um "todo o resto" extremamente gigantesco. Era possível manchar o lado gigantesco, o lado que não era eu. Ou era possível valorizá-lo como algo importante. Entre essas duas opções, eu preferia escolher valorizar. Porque eu vivia nesse mundo, e continuaria vivendo daqui para a frente, por décadas. Além disso, sabia o quão gratificante era o mundo. Era por isso que queria poli-lo com carinho e deixá-lo limpo. Queria escolher essa opção. E não queria ignorar o sangue escorrendo das feridas.

Mesmo que os meus dedos fossem ficar sujos, queria escolher enxugá-lo. E, se chovesse, queria emprestar um guarda-chuva.

**

Espiei o interior da sala da turma A do primeiro ano pelo corredor alvoroçado do intervalo. Um aluno do terceiro ano aparecer repentinamente em uma classe do primeiro ano era, como o esperado, anormal. Algumas pessoas faziam comentários me olhando com estranheza.

Capítulo 2

Talvez fosse verdade que todo o primeiro ano estivesse falando de mim por conta da ocorrência pela manhã.

Hari Kuramoto estava no canto da sala. Ela estava na última carteira da fileira ao lado das janelas, nas sombras. Em uma sala de aula barulhenta com cheiro de almoço, era a única que não estava conversando com ninguém. Estava escondendo a expressão com os cabelos como se os fios fossem uma cerca e estava com a cabeça baixada, sombria e silenciosamente.

Quando eu vi como ela estava, percebi que havia ido até ali sem plano algum. Não tinha nenhum plano concreto, como abordá-la ou aconselhá-la. Eu só tinha pensado "Como será que ela está?". Não consegui parar de pensar nisso e apenas quis ver como estava.

Eu não queria ir embora sem dizer nada, mas também não estava com muita vontade de entrar na sala de aula dos alunos mais novos. Seria terrível se me aproximasse descuidadamente e ela fizesse baderna como tinha feito mais cedo. Então, quando eu estava atrapalhando o trânsito de pessoas, tampando a porta sem motivos por não conseguir me decidir o que fazer...

— ...! — Me engasguei. Acabei vendo.

Havia pessoas que chutavam as pernas da carteira ou da cadeira de Hari Kuramoto, que apenas estava sentada quieta, quando passavam por ela. E não eram poucas. O som abafado chegou até os meus ouvidos, vi as costas curvadas sacudindo. A carteira balançava de tanto ser chutada por várias pessoas e um estojo caiu de cima dela. O conteúdo que se espalhou também foi chutado e pisado. Hari Kuramoto se levantou devagar, se agachou e começou a recolhê-lo. Todos estavam ignorando-a. Estavam de cara virada como se fossem ser amaldiçoados se a vissem. Eu era o único que via Hari Kuramoto receber ataques implicantes.

Com o queixo que parecia que se quebraria, com o crânio fino, ela agarrou o estojo e se levantou. Calada, olhava para o piso. Pelo visto, estava procurando pelos objetos que tinham se espalhado.

Os cabelos balançaram e, por entre eles, aqueles olhos grandes me viram. Fui encontrado; o olhar faiscou perigoso. Os olhos se arregalaram, ficando maiores e mais escuros, ao olharem de volta para mim, na porta.

— Mas o que é isso?! — acabei sussurrando, sem pensar nas pessoas de antes, e sim em Hari Kuramoto.

"Hari Kuramoto, o que você tá fazendo?"

Tinha um olhar tão forte, que conseguia me deixar aterrorizado só de ser fitado, mas não o voltava para os outros.

"Faz que nem você fez comigo mais cedo. É nessas horas que você tem que explodir com o poder no máximo. Lutar com todo o seu perigo. O seu perigo, o seu jeito que 'não bate bem', é um tipo de poder. Você devia acabar com todo mundo. E aí, do jeito que fez comigo, devia jogar de volta toda a maldade. Não interessa se vão te odiar. Por que você tá aguentando quieta? Os inimigos que você precisa enfrentar de cabeça erguida são eles e você consegue fazer isso."

De soslaio, vi um aluno do primeiro ano cochichando alguma coisa enquanto olhava para mim.

— Ele se acha um herói da justiça...

Consegui escutar isso com clareza. Talvez tivesse falado para que eu escutasse.

"Ah, é? E qual o problema?", foi o que pensei, olhando diretamente para eles. "Por que ficaram afobados? Qual o problema se eu for, mesmo, um herói da justiça? Quer que eu me transforme, é? Espero que não estejam fazendo tudo isso sem estarem preparados pra serem derrotados em nome do bem. Vocês têm noção de que estão do lado do mal? Não têm vergonha disso?"

Para começar, eu não ligava, de verdade, sobre o que os pirralhos do primeiro ano estavam pensando de mim. Não importava; eu me formaria na primavera, não interessava agora.

"É você, Hari Kuramoto. É você quem tem que mudar. Você, por conta própria, devia..."

Capítulo 2

— Kiyosumi...

Alguém me chamou de trás, de repente, e me virei. Tamaru, que eu supostamente tinha deixado na sala de aula, estava olhando para mim com um pouco de preocupação. Pelo visto, tinha me seguido.

— Eu entendo como você se sente, mas talvez seja melhor você não se intrometer demais. O vestibular tá logo aí e você não precisa se meter nos problemas do primeiro ano.

— Ali, olha.

Eu apontei discretamente na direção de Hari Kuramoto quase ao mesmo tempo que a cadeira dela foi chutada com força por um garoto. A cadeira deu um pulo e bateu contra o chão. Até mesmo Hari se assustou com o barulho. Eu vi como os seus ombros magros se sobressaltaram. E, ainda assim, os outros da sala fingiram não perceber, fingiram que não viam.

Hari Kuramoto também ficou quieta. Não arrumou a cadeira caída e apenas ficou, mais uma vez, com a cabeça profundamente baixa. Dentro da proteção do cabelo escorrido, com que cara ela estava?

Tamaru piscou algumas vezes, passou um pouco a língua pelos lábios e, depois de um tempo, disse baixinho:

— ...Que crueldade.

Tudo que eu consegui dizer, apesar de ter me esforçado para usar ao máximo um tom de brincadeira, foi:

— Imperdoável. Devo combater o mal. — E parte do sentimento era real.

— Mas, Kiyosumi, o que você vai conseguir fazer?

— Eu...

O que conseguiria fazer? Não consegui responder e acabei olhando fixamente para o rosto de Tamaru. Eu não sabia, não sabia nem sequer a cara com que eu mesmo estava agora. E não sabia o que deveria fazer.

Hari Kuramoto ergueu o queixo lentamente. Então, mais uma vez, olhou para mim. Me fuzilou fortemente com o olhar, como se eu tivesse sido quem chutou a cadeira dela. "Eu já disse: por que eu...?!". Acabei soltando um suspiro. Eu queria gritar "Aaagh!" e bagunçar os meus cabelos; era frustrante. Inclusive, era enervante. E eu não estava entendendo nada de verdade.

Quando o intervalo chegasse ao fim, não poderíamos mais ficar ali. Em uma vida escolar, estar em outro ano era um obstáculo tão grande quanto estar morando em um planeta diferente. Nós não teríamos opções senão voltarmos rapidamente para a nossa sala de aula.

Eu quis, antes disso, ao menos arrumar a cadeira que tinha sido chutada. Invadi a sala com passos pesados e ninguém me disse nada diretamente. Agarrei a cadeira caída de lado e a devolvi para a posição original. O procedimento tomou cerca de dez segundos e, por todo esse tempo, Hari Kuramoto ficou me fuzilando com o olhar.

*

— Com a sua licença — eu disse, curvando a cabeça, enquanto saía da sala dos professores. O frio do corredor penetrou nos meus pés.

Depois das aulas, em vez de virar um herói da justiça, eu virei um dedo-duro. Optei por resultados práticos em vez de renome. Assim que a reunião de encerramento da classe terminou, fui para a sala dos professores e entreguei o papel em que estava escrito "Se mata", que esteve no meu bolso o dia inteiro, para a coordenadora da turma A do primeiro ano. E depois contei tudo, em detalhes, que eu tinha visto na reunião geral, pela manhã, e no horário do intervalo. Enquanto estava falando, a professora coordenadora da minha turma se aproximou. Os outros professores também se aproximaram, rolando as cadeiras para perto enquanto ainda estavam sentados. Todos me ouviram com seriedade. Era a primeira vez que eu falava com a professora coordenadora da turma A do primeiro ano, uma mulher ainda jovem.

Capítulo 2

— Eu já sabia que havia problemas lá, apesar de estar tendo dificuldades para resolver; mas, com o que você contou, entendi que a situação é bem pior do que eu imaginava.

O tom dela era muito derrotado e chegou a soar inseguro, porém não houve sinais de que estava mentindo ou de que estava inventando desculpas e...

— Obrigada por ter prestado atenção na Kuramoto, da minha sala. E me desculpe por ter deixado você preocupado em um momento tão importante, antes do vestibular.

Tive certeza de que ela havia me dito o que disse de coração e com sinceridade. A minha professora coordenadora deu um tapinha nas minhas costas e sorriu, dizendo "Como você é legal, Hamada!".

Enquanto começava a andar na direção da sapateira na entrada, eu, influenciável, sentia como se as minhas costas que levaram o tapinha estivessem brilhando suavemente com um poder caloroso. Um poder que poderia ser, por exemplo, autorrespeito, orgulho ou algo do tipo. Uma força que me ajudava bastante a não andar de costas curvadas.

Mas havia quem explodia quando levava um tapinha igual nas costas. Me recordei das costas pequenas e encolhidas do ginásio esportivo. Ninguém conseguiria acender um poder nas costas solitárias daquela garota?

Escutei risadas vindo da sapateira do primeiro ano. Um grupo de garotas estava trocando os sapatos. O sapato de interior de alguém estava caído sobre o piso de ripas de madeira e as garotas o ignoraram, passando por cima dele para saírem.

Tive um mau pressentimento. Me aproximei com passos rápidos da sapateira do primeiro ano e peguei o sapato. Como eu esperava, estava escrito "Hari Kuramoto". O par de sapatos estava separado e o outro pé estava caído na frente do suporte de guarda-chuvas. Não teria ficado assim se alguém não tivesse jogado ou chutado os sapatos propositalmente.

Eu peguei o outro pé também e espanei o pó que havia grudado. Havia apenas um espaço sem sapato algum na sapateira da turma A. Tinha um adesivo com o nome de Hari Kuramoto, porém estava sujo, como se as letras tivessem sido raspadas com algo pontudo. Juntei os sapatos organizadamente e os coloquei com suavidade no espaço. Provavelmente tinha conseguido repelir uma pedrada ingênua de maldade, provavelmente.

Talvez isso fosse apenas autossatisfação; talvez eu estivesse me sentindo um herói, como alguém havia dito. Se Hari Kuramoto me visse fazendo isso, talvez fosse soltar outro berro com todo o seu perigo escancarado.

3

Os dias foram se passando rapidamente desde a segunda-feira em que conheci Hari Kuramoto: terça, quarta, quinta, sexta... Até chegar ao sábado, quando tive aula de meio período. A maior parte dos alunos já tinha ido embora ou ido almoçar porque tinha atividades de clube ou de conselho estudantil. A hora do rush de saída parecia ter acabado e estávamos sozinhos na área da sapateira.

— No fim das contas, o que você conseguiu fazer foi ser um guardião de sapatos... Quer um chiclete? — disse Tamaru, tirando o invólucro de um chiclete e o jogando na boca.

— Não foi bem isso. E quero.

— Aqui. Aliás, se você fosse, mesmo, o guardião dos sapatos, já teria falhado.

— É, porque eu não teria conseguido proteger.

— Você precisa melhorar, caro Kiyosumi. Pega!

Como um amestrador de animais dando um petisco de recompensa, Tamaru jogou um chiclete com formato de bolinha na minha direção. Eu o peguei com as mãos e o coloquei na boca agradecido.

Desde aquela segunda-feira, havia virado parte do meu cotidiano perambular as proximidades da sapateira do primeiro ano na hora de ir embora e procurar pelos sapatos de Hari Kuramoto, que costumavam ficar jogados por aí.

A forma como tinham sido jogados nesse dia, porém, tinha sido avançada: a pior que eu já tinha visto até então. Um dos pares havia sido enfiado na lixeira e eu havia conseguido recolhê-lo, mas não estava conseguindo encontrar o outro. Era um sábado, um dia em que eu poderia ir embora cedo, mas estava procurando um sapato fazia mais de vinte minutos e envolvendo Tamaru na busca.

Havíamos conversado sobre passarmos no complexo multifuncional da estação e comermos um hambúrguer, coisa que não fazíamos havia algum tempo. Vestibulandos também precisavam relaxar. Entretanto, não conseguíamos sair da escola porque estávamos desperdiçando nosso tempo precioso fuxicando os arredores da sapateira. Estava começando a me sentir mal por Tamaru, secretamente afobado, querendo encontrar o sapato logo, quando...

— Ah! Não é aquilo ali?! — exclamou Tamaru.

Olhei para a direção apontada e vi um sapato sobre uma prateleira com chinelos para visitas, bastante longe. "Aff", acabei suspirando por conta da distância.

— Como é que foi parar ali...?

Fui buscar e finalmente consegui recolher os sapatos. Juntei os calçados organizadamente e os coloquei retos, até o fundo, na sapateira de Hari Kuramoto, cuja localização eu já tinha decorado.

— Pronto. Desculpa ter feito você esperar.

— Tá tudo bem. Vamos lá, tô com muita fome. Mas, então, você tem feito isso todos os dias? Como a gente não tem ido embora junto, eu não sabia.

— Não é como se alguém tivesse pedido pra eu fazer isso, mas é que acabei ficando incomodado.

— Hm... Todos os dias, hein...?

— É, todos os dias. Fazem isso todos os dias.

Lado a lado, deixamos a escola pós-aulas e seguimos até o portão com passos naturalmente rápidos.

Ainda era dia, mas os céus estavam inquietantemente escuros e os ventos estavam gelados a ponto de me fazer encolher, apesar de estar usando um casaco. A cada vez que os ventos frios faziam

Capítulo 3

"Vush, vush!" e bagunçavam os nossos cabelos, soltávamos gritos deploráveis: "Ugh!", "Agh!". Por conta do frio, até o chiclete na boca estava duro.

— Não sei como o pessoal não enjoa disso. Deve ter coisa mais divertida pra fazer no ensino médio do que ficar zoando com os sapatos de uma menina.

— Não é? Eu queria dizer pra eles: "Usa essa energia toda em uma coisa mais decente!". Se bem que devem pensar isso de mim também.

— Hahaha! — riu Tamaru, entretido.

— Você é o "veterano desocupado", afinal de contas.

Sim, ao que tudo indicava. Quando estávamos na sala de aula, nos preparando para ir embora, Ozaki se aproximou de nós balançando os cabelos sedosos e bonitos e nos contou:

— Uma informação.

— Há?

— Da minha irmã mais nova.

— Ah, sim, da sua irmã mais nova.

— Você.

— Eu?

— Lá no primeiro ano...

— Olha... Eu sei que já disse isso antes, mas será que você podia colocar mais informação em uma frase só?

— Você tem um apelido. Parece que é "veterano desocupado". Encurtam pra "VetDes". Foi o que a minha irmã falou. Hilário. É só. Tchauzinho.

...E foi isso. Para constar, apesar de Ozaki ser desse jeito, tinha notas muito melhores do que eu e já estava decidido que iria para uma universidade feminina de Tóquio por indicação. Quem usava palavras misteriosas e deixava os outros para trás na conversa também deixava os outros para trás nos planos de vida, pelo visto. Que inveja.

— Aff, só podem estar de brincadeira. Eu não sou um veterano desocupado. E já inventaram até uma abreviação?! E, se querem saber, eu não sou nada desocupado.

— Não é? Você é um aluno dando de tudo pro vestibular.

— E, ainda por cima, um que tá em uma corda bamba!

Era verdade que, todos os dias, eu recolhia os sapatos de Hari Kuramoto, que eram bagunçados depois de ela ir embora. A propósito, na última terça-feira, eu tinha colado na sapateira um novo adesivo com o nome dela, escrito à mão, sendo que ninguém havia me pedido para fazer isso (eu tinha me lembrado da "teoria das janelas quebradas" ou algo assim que o diretor havia mencionado em uma reunião geral. Sobre a paisagem urbana ter relações com a segurança. Tinha sido um assunto interessante para ter vindo do diretor). Além disso, todos os dias, eu espiava a sala de aula do primeiro ano no intervalo do almoço (graças a isso, havia descoberto duas coisas: a professora coordenadora deles ia olhar como estava a turma durante o intervalo, e Hari Kuramoto não comia nada no almoço).

Eu, obviamente, devia ter sido visto por vários alunos do primeiro ano. Como resultado, deviam ter pensado "Aquele veterano ali é desocupado...". E, depois, "Então vamos chamar ele de VetDes...".

Estavam, porém, redondamente enganados. Seria claro: eu não estava fazendo isso por ser desocupado. Inclusive, era muito atarefado, precisava estudar em qualquer oportunidade que tivesse. Mas eu não conseguia evitar fazer essas coisas.

Para constar, a própria Hari Kuramoto não havia me agradecido nem um pouco. Eu não esperava por um agradecimento desde o começo, mas, ainda assim, ela não me agradecia nem um pouco. De verdade, nada, nadica mesmo. De um jeito que chegava a ser assustador! E risível! Não dava brecha pra nada!

Ela não havia explodido como na vez em que nos conhecemos, porque eu me atentava para não ter contato descuidado com ela,

Capítulo 3

porém Hari Kuramoto sempre me fuzilava com um olhar intenso quando reparava a minha presença. Me perfurava com agulhas de olhos pretos, como se quisesse me envenenar ou coisa assim. Havia vezes também em que sua boca ficava mexendo. Me paralisando com o olhar venenoso, ela curvava as costas, parava e dizia alguma coisa. A voz dela era baixa e eu nunca tinha conseguido ouvir o que estava dizendo, porém tinha a impressão de que seria pior se ouvisse. Tudo bem se fossem reclamações ou xingamentos, mas ficaria aterrorizado se fossem palavras de maldição ou algo do gênero. Para começar, eu mal sabia se era possível conversar com Hari Kuramoto.

Era assim que ela era. E não havia mudado desde aquela segunda-feira. Ficava aguentando independentemente do que fosse feito ou dito pelas outras pessoas, mas voltava hostilidade para mim, sendo que estava tentando protegê-la. Não era para mim que deveria voltar essa hostilidade... Quantas vezes isso já tinha se passado pela minha cabeça?

Entretanto, a essa altura, eu começava a sentir que era inútil tentar ser racional, pensando "Por que isso?" ou "Por que só comigo?". Da mesma forma que eu só conseguia viver desse jeito, Hari Kuramoto também devia conseguir viver apenas daquele jeito. Ela também "não conseguia evitar".

Em suma, as nossas maneiras de viver eram incompatíveis. Mas não havia o que fazer; tínhamos, como animais de espécies diferentes que viviam na mesma savana, de continuar a viver cada um da sua forma. De que adiantaria pregar para uma zebra: "Carne é bem melhor do que mato!"? A carne poderia ser o melhor para um leão, mas zebras só comiam vegetais. Não comeriam carne mesmo se não houvesse vegetal, mesmo se estivessem para morrer de fome.

Apesar de eu ter pensado nisso e desencanado, eu achava que, só um pouco, estava fazendo a besteira de dizer "Carne é melhor!" para uma zebra com fome. Não estaria invadindo o território dela? A forma de viver dela? Não estaria repetindo o erro de me envolver com outras pessoas apenas por conveniência unilateral minha? Ou seja, o erro daquela época, de quando estava no primeiro ano?

"Bondade" e "justiça" eram apenas uma máscara de palavras que tinha boa aparência. Com essa máscara bonita, talvez eu estivesse encobrindo o pequeno alerta ("Você não está sendo arrogante?") que escutava de dentro de mim mesmo. Talvez estivesse me protegendo para não ficar magoado mesmo se fosse rejeitado outra vez. Ou, quem sabe, para que ninguém visse a minha cara magoada. Era por isso que heróis antigos precisavam usar máscaras? Para esconder o rosto frágil de carne e osso, já que cometeria a sem-vergonhice de passar dos limites e se intrometer na vida dos outros por conveniências próprias?

"Uff", fez Tamaru, esquentando com a sua respiração branca as mãos que estavam unidas como se fosse orar.

— Mudando de assunto, hoje tá frio mesmo, hein? Eu queria tomar um shake, mas acho que vou morrer com a barriga congelada se beber um treco desses.

O gesto seria bastante meigo se fosse uma garota, mas era desagradável vindo de um cara. Eu franzi o cenho com seriedade de propósito e comentei:

— Você só tem a opção de viver do seu jeito até o final... Acho.

— É? Então vou tomar um shake de chocolate!

— Já eu vou tomar uma sopa de milho. É uma época importante, bem antes do vestibular, e quero ser gentil ao máximo com o meu sistema digestivo e imunológico. Uma saudação para o seu estômago! Está para ser morto em combate!

— ...Vou tomar uma sopa de milho também.

Estávamos sentados a uma mesa perto da janela e conversando bobeiras quando cinco pessoas da nossa turma entraram barulhentas:

— Ah, é o Gengo e o Kiyosumi.

— E aí? O que vocês estão fazendo?

Capítulo 3

Pelo visto, assim como eu, estavam todos estressados por conta do vestibular. Nos reunimos, juntando a mesa ao lado à nossa, e não paramos de falar uma vez que começamos. Tal pessoa havia terminado com tal pessoa; o CD de tal música havia vendido tantas cópias; um jogo de estratégia psicológica estava na moda; e quem seria a próxima idol[9] a tirar a roupa. Assuntos sem importância desabrocharam uns após os outros como se fossem flores. A situação parecia inédita, embora ficássemos na mesma sala de aula todos os dias, por estarmos nos encontrando fora da escola. A hora passou voando, pois estava divertido.

Quando eu contei como estava sendo chamado de "veterano desocupado", as garotas acharam especialmente engraçado.

— Como assim?! Cruel demais! É engraçado pra caramba, mas também é irritante!

— Aliás, vocês sabiam que, neste ano, o primeiro ano é suuuper desagradável? O que será que tá acontecendo?

— Éééé! Foi gente de lá que tava ocupando o nosso banheiro! Disseram "Tá meio congestionado agora, então será que vocês podem ir pra um outro?"!

— Como assim não deixaram veteranas usar o banheiro?! A gente nunca teria feito isso na nossa época!

— Nááão, nunca!

— Não acredito!

As garotas disseram alto e em coro, fazendo com que um funcionário sussurrasse:

— Com licença. Será que poderiam falar mais baixo...?

Esse foi o sinal para irmos embora. Pretendíamos apenas relaxar um pouco, mas tínhamos acabado por nos animar demais. Um pouco constrangidos, nos separamos e fomos embora às pressas. Me dei conta de que tínhamos, em grupo, permanecido por bastante tempo.

---

9. *Idol*: Celebridade jovem que atua em várias áreas do entretenimento, como música, filmes, programas de TV, etc.

— Até, Kiyosumi!

— Aham, até amanhã! Quero dizer, até segunda!

Me despedi de Tamaru na frente da estação, já que ele voltava para casa de trem, e olhei para o relógio. Já havia passado das cinco e os céus de inverno estavam muito escuros. A minha mãe, se eu não estava enganado, estava no turno da noite e já devia ter saído de casa.

O dia estava com temperaturas realmente baixas e com ventos muito fortes. Fui andando sozinho pelo caminho de volta escuro, sem ninguém, com o queixo tremendo por conta do frio seco.

Talvez por estar em uma baderna com várias pessoas até há pouco tempo, ou talvez por estar um frio que penetrava nos ossos, eu achava que a rua, que nem costumava ser movimentada, para começo de conversa, estava bem mais silenciosa e tristonha do que o normal.

…O que aquela garota cheia de espinhos estaria fazendo em uma noite dessas? Quando eu ficava sozinho, acabava pensando nela, como se fosse um hábito. Nas canelas finas de meias cheias de bolinhas, nas costas pequenas e na nuca redonda baixada. Eu acabava imaginando a figura dela no vazio, com nitidez, como se estivesse a vendo. Palavras que queria dizer a ela começaram a dar voltas dentro do meu peito.

"Hoje é sábado, Needle Kuramoto."

Os céus da noite estavam nublados e não se viam estrelas. Eu não falei em voz alta e Hari Kuramoto não estava ali. Mesmo se a chamasse pelo apelido como se nos conhecêssemos bem, eu não corria o risco de ser rejeitado com um berro.

"Não interessa que tá frio ou que é solitário; amanhã é domingo. Um dia em que você não precisa ficar preocupada de sofrer bullying, um dia de descanso que, pra você, é uma salvação. Espero que você se divirta. Espero que aconteça alguma coisa boa."

No frio que deixava as minhas mãos e pés duros, fiquei com um pouco de vontade de ir ao banheiro. Achava que conseguiria aguentar até chegar em casa, porém a minha confiança foi diminuindo conforme o vento gelado me atingia de frente. E agora?

Capítulo 3

Eu deveria passar em algum lugar? Se fosse passar, onde...? Enquanto estava em dúvida, me lembrei distraidamente do assunto que havia deixado as garotas alvoroçadas. Alguma coisa sobre alunas mal-educadas do primeiro ano estarem ocupando o "nosso banheiro".

O "nosso banheiro" era o banheiro público que ficava em um campo de atletismo municipal, localizado no ponto médio entre a estação e a escola. Não era muito longe de onde estava. Praticamente não havia pessoas que usavam aquele banheiro e os alunos da nossa escola, havia gerações, o usavam como se fosse um banheiro exclusivo deles. As garotas, em especial, se isolavam lá por longas horas para arrumarem o comprimento das saias, mexerem no penteado ou se maquiarem. Havia até quem se trocava para roupas de sair para ir direto a algum outro lugar. O banheiro era usado para praticidade dos alunos, que se aproveitavam do fato de que não havia professores olhando.

As garotas não tinham conseguido entrar nesse banheiro porque estava ocupado por alunas do primeiro ano. "...Precisavam expulsar as alunas do terceiro ano...?", apenas a essa altura eu achei estranho.

Um dos motivos de aquele banheiro ser bastante usado por pessoas da minha escola era que, além de ter uma localização boa, era amplo o bastante para várias pessoas se arrumarem ao mesmo tempo. Eu nunca tinha entrado no banheiro feminino, claro, mas sabia que o banheiro masculino era grande o bastante para isso. Quase nunca ficava cheio.

Parando para pensar, os sapatos de interior de Hari Kuramoto, nesse dia, estavam mais escondidos do que o normal. Nos últimos dias, a professora coordenadora da turma dela havia se atentado ao que acontecia e um veterano desocupado – ou seja, eu – tinha vigiado a classe. Os bullies não deviam ter conseguido atingi-la com maldade como faziam antes, não seria de se espantar que estivessem com frustração acumulada.

Os pés que seguiam para casa pararam, fiquei inquieto, uma imaginação desagradável subiu para a mente tal qual uma nuvem escura.

"Não, não é possível. Não iam chegar a esse ponto". Tentei apagar os pensamentos para voltar a andar, mas os meus pés pararam de novo. Não conseguia apagá-los por completo, não importando o que fazia. Eu não conseguia negar por completo o que havia acabado por pensar.

Suspirei e tomei coragem. Girei nos calcanhares e mudei a direção para que estava indo. Saí da rota para casa, virei em uma viela que não planejava virar e comecei a andar.

"...É só pra garantir. Eu não acho que foi isso que aconteceu. É só pra garantir, só pra confirmar."

Não era como se eu realmente tivesse sentido o perigo. Não tinha certeza de nada, só havia sentido um incômodo incontrolável depois de ter pensado uma vez na possibilidade. Não queria voltar para casa com essa preocupação; ficaria imaginando várias coisas e atrapalharia os meus estudos da noite. Ou seja, eu não estava fazendo isso por Hari Kuramoto, estava fazendo por mim. Era normal querer eliminar rapidamente preocupações desnecessárias, certo?

Os passos rápidos, porém, dado momento naturalmente viraram uma corrida a toda velocidade, apressados pelos meus batimentos que aceleraram por conta da preocupação inapagável.

*

A cada vez que eu gemia deploravelmente, emitindo um "Aff, aff", a minha garganta doía devido aos ares gelados. Estava sem fôlego e sufocado, meu peito e ouvidos doíam. Eu cruzei com mocassins as árvores no perímetro do campo de atletismo e cheguei ao banheiro que ficava na área externa. Não havia ninguém nos arredores, não havia ninguém da minha escola.

Entrei na escuridão e apertei o interruptor. Lâmpadas fluorescentes brancas foram produzindo leves "Paf, paf". Na porta do banheiro feminino, havia um cone que dizia "Em limpeza".

Capítulo 3

Sem ultrapassar jamais o limite entre exterior e interior, espiei o banheiro feminino. O meu comportamento era claramente o de um tarado, seria o fim se me vissem fazendo uma coisa dessas. "Que não apareça ninguém, que ninguém olhe pra mim...", mentalizei com todas as forças enquanto olhava rapidamente para o lado de dentro. Não havia mictórios, obviamente, e havia algumas cabines individuais. Do outro lado delas, havia várias pias enfileiradas.

Uma das portas, ao fundo, estava fechada. Me sobressaltei por um momento, mas logo me lembrei: era só um depósito de material de limpeza, igual ao que havia no banheiro masculino. Não havia presença de pessoas. O espaço com cheiro de aromatizante estava frio e silencioso. Levando em consideração que estava tudo escuro até eu chegar, com as luzes apagadas, era óbvio que não havia ninguém. "É lógico. Claro", tirei a minha cabeça de dentro e fiquei satisfeito.

As crueldades que eu havia acabado por imaginar – como, por exemplo, várias alunas do primeiro ano cercando Hari Kuramoto para socá-la e chutá-la no banheiro, porque ninguém as veria – não tinham acontecido. O crânio de vidro não havia quebrado, fim de história. Para começar, ninguém ficaria perambulando por um lugar desses em uma noite tão fria. Eu, apesar de tudo, tinha pensado demais.

O meu peito ainda estava sufocado por ter corrido a toda velocidade por aproximadamente dez minutos. "Que trouxa", pensei enquanto coçava a cabeça. Não quis desperdiçar o gasto de energia que havia esfriado o meu corpo e aproveitei para usar o banheiro masculino. Consegui cumprir com o meu objetivo inicial.

Depois de lavar as mãos, fiz menção de sair e fiquei em dúvida. Era melhor apagar a luz, já que antes estava apagada? Eu estiquei a mão e, uma última vez, com casualidade, espiei o banheiro feminino sem nenhuma motivação depravada, era só porque tinha feito questão de vir ali... Se bem que isso era meio depravado... Não, não era isso, era apenas uma última verificação antes de tudo voltar a ficar escuro, contudo...

— ...?

...senti uma estranheza inexplicável. Quando havia espiado antes, por estar com pressa, não havia percebido nada em especial. Eu tinha ficado tenso porque estava espiando um banheiro feminino, uma atitude que poderia acabar com a minha vida. Entretanto, agora que estava observando com calma, o piso estava molhado pela metade, de uma maneira antinatural. Apenas os fundos estavam molhados e a água estava formando uma poça. Em uma limpeza, o lugar ficaria molhado por inteiro.

"Aliás, espera aí. Não tem ninguém fazendo limpeza."

Então por que havia um cone? Algo estava estranho. O chão estava molhado na parte mais atrás, na região onde ficava o depósito de material de limpeza. A água estava se espalhando a partir da porta, saindo de baixo dela. Sob a pia de frente para a porta, havia um balde caído.

A porta do depósito tinha um pequeno cadeado trancando-a pelo lado de fora. Era um cadeado barato, do tipo que podia ser comprado em papelarias. Havia um depósito de material de limpeza no banheiro masculino também, mas não havia uma coisa dessas lá. Gente que entupia o banheiro pegava o desentupidor no depósito e resolvia o problema por conta própria. Eu não sabia como as garotas faziam, porém sabia que, pelo menos no banheiro masculino, essa era uma regra imutável. O depósito nunca tinha ficado trancado.

"...Alguém resolveu trancar pelo lado de fora?"... Para prender alguém do lado de dentro? Eu imaginei algo terrível e, por reflexo...

— Com licença! — exclamei. — Tem alguém aí?!

A minha voz ecoou bastante no banheiro feminino vazio, mas não houve respostas. Então realmente não havia ninguém. Por outro lado, podia haver alguém que não conseguia responder, ou que não estava respondendo por vontade própria.

— Com licença! Vou entrar!

Capítulo 3

Tomei coragem e entrei no banheiro feminino. Se realmente não houvesse ninguém, ótimo, queria que fosse apenas uma imaginação idiota minha. Queria que estivesse pensando demais e que não houvesse ninguém preso, que ninguém estivesse morto ou desmaiado ou em alguma outra condição que o impedia de responder. Não queria, de jeito nenhum, que a pessoa em questão não fosse um desconhecido. Se fosse o caso, era bem próximo do que eu tinha imaginado antes de me encaminhar para lá. "Por favor, que seja uma ilusão tola minha. Por favor, não", suplicando, parei diante do depósito.

— Tem alguém aí?! Se tiver, me responde!

Bati na porta com o punho cerrado, continuou não havendo respostas. Não consegui, mesmo assim, tomar de imediato a decisão de ir embora. O motivo era que eu conhecia uma pessoa que ficava resistindo sem falar, quieta, independentemente do que fosse feito. Ela jamais pedia a minha ajuda e essa pessoa não saía da minha cabeça desde segunda-feira. Por algum motivo, eu tinha virado uma criatura assim.

Resolvi ser ousado e puxei, usando força bruta, o fecho metálico que estava com o cadeado. A porta, porém, apenas rangeu e fez "Clang, clang", não se abriu. Era um cadeado barato, mas não saía com facilidade. Sem opções, entrei na cabine ao lado, pendurei a bolsa no gancho e, quase escorregando porque estava de mocassins, tomei impulso na alavanca da descarga e dei um grande pulo. Me agarrei à parede do lado do depósito e, chutando-a com pés e joelhos, me puxei para cima em um movimento de barra desesperado. Enfiei o tronco na fresta que havia antes do teto baixo e…

— …

— …

Talvez nós dois tivéssemos deixado passar a hora de gritar. Como se fôssemos reflexos em um espelho, ficamos muito boquiabertos ao mesmo tempo. Sem conseguirmos falar, inspiramos e somente produzimos com o fundo da garganta um "Fsh" que lembrou uma flauta.

A minha súplica de "Por favor, não" não foi atendida por ninguém: era Hari Kuramoto.

De pé, com o corpo pressionado contra o canto do depósito apertado, Hari Kuramoto estava olhando para mim de baixo, calada. Enquanto eu estava prensado na fresta superior da parede de separação, no estilo de um voyeur pego em flagrante. Ela estava viva e estava consciente, mas...

— ...Quê...?

Essa voz foi minha, isso porque Hari Kuramoto estava toda encharcada. Ela estava tremendo com força sem emitir sons, abraçando o próprio corpo com mãos enluvadas molhadas em um depósito de banheiro em pleno inverno. Seu rosto estava terrivelmente pálido, os cabelos que tinham virado um chumaço ao ficarem molhados estavam colados ao queixo, os seus dentes não estavam se encaixando de tanto que tremia e justo eles, tão brancos e pequenos, visíveis por entre seus lábios sem cor, eram o único brilho no recinto.

— ...Por... quê...?

Essa voz também foi minha. Hari Kuramoto, me fitando de baixo, estava expelindo respiração branca pela boca em silêncio, mas com intensidade, tal qual fumaça. Era como se eu estivesse vendo o calor indo embora de seu corpo. Ela estava tremendo com o queixo, com os ombros, com os dedos... enfim, com todo o corpo. Quem estaria com os olhos mais arregalados enquanto nos encarávamos? Eu ou ela?

Quem sacudiu a cabeça para os lados fui eu. Sacudi várias vezes, soltei um grande gemido e por fim entendi que a cena que estava vendo era real. Hari Kuramoto...

"Mas que raios você tá fazendo em uma noite fria pra caramba de um sábado? Quantas horas você ficou assim de luz apagada, no meio do escuro, encharcada desde a cabeça? Quem foi que fez uma coisa dessas com você? Por que não chamou ajuda? Por que não me respondeu? Por quê?" As dúvidas só deram voltas e não viraram palavras.

Capítulo 3

Me deu vontade de gritar, isso sim. "AAAAAAAAAAH!", eu queria berrar, enfurecido.

Havia uma pequena chave caída aos pés da Hari Kuramoto trêmula. Devia ser a chave do cadeado na porta, era impossível que tivesse se trancado por conta própria. Alguém tinha a prendido ali, trancado pelo lado de fora e jogado a chave para dentro. Então, por cima, havia jogado água com o balde. Havia colocado o cone indicando limpeza na entrada, tomado até o cuidado de apagar as luzes e a abandonado em pleno inverno. Haviam pensado, mesmo, no que poderia acontecer? Claro que não, certo? Se houvesse, não teriam conseguido ser tão cruéis com uma cara tão inocente, certo?

A primeira coisa que fiz, tremendo com tanta intensidade quanto Hari Kuramoto, foi esticar a mão ao máximo enquanto estava com uma postura forçada. A minha mão não estava tremendo com toda a força por conta do frio, eu estava com medo. Estava com medo da maldade dos alunos do primeiro ano, da tolice de quem não pensava direito e também de Hari Kuramoto, que não havia tentado pedir ajuda mesmo nessas condições.

— ...A chave! Me dá! Rápido!

Embora não tivesse sido de propósito, falei um pouco como Ozaki e sacudi a mão que tinha esticado sobre a cabeça de Hari Kuramoto. Eu tinha de pegar a chave e abrir a porta por fora. Ela, porém, continuava a me olhar de baixo e a tremer e não se moveu, nem pegou a chave. Eu estiquei o braço ainda mais, por impaciência, e a minha mão começou a formigar.

— O que você tá fazendo?! A chave caída aí é a que abre a porta, não é?! Me dá, rápido!

Ela continuou imóvel.

— Você tá me ouvindo?! Você tá com frio, não é?! Vai morrer se ficar assim! Você não quer voltar pra sua casa?! Ou...

Hari Kuramoto, encharcada e tremendo de pé, estava com os olhos esbugalhados. Estava olhando para mim.

— ...Ou você me odeia tanto assim?!

A voz estrangulada saiu deploravelmente desafinada, tremendo como se eu estivesse chorando. Tinha sido ridícula, mas não havia mais como a devolver para a boca.

— N-não interessa se você me odeia ou me acha irritante! Agora não é hora pra isso!

Nesse momento, olhando para mim, Hari Kuramoto balançou a cabeça para os lados, ou, pelo menos, eu soube que tentou balançar. A cabeça dela, por conta do queixo que subia e descia tremendo, estava parecendo a de um boneco bobblehead tonto, mas parecia que a própria estava tentando sacudi-la horizontalmente. Eu soube, também, como estava apertando as mãos enluvadas e sem forças na região do queixo para tentar conter o tremor. Então, deixando subir e descer com intensidade os ombros magros...

— ....

Houve murmúrios. Ela estava mexendo a boca. Quê? Estava me amaldiçoando? Queria me envenenar mesmo nessa situação?

— ...ado... ......

"Tá me chamando de tarado, é?! Droga."

— Li...li...li...xo...

Quis ficar furioso de verdade, mas...

— ...De verdade. O lixo... eu...

Quem sabe os ecos do banheiro tivessem sido fortes demais, ou quem sabe os meus ouvidos estavam começando a se acostumar com o silêncio, ou, ainda, algo como a frequência de nós dois tivesse, repentinamente, entrado em sintonia: de súbito, consegui ouvir um pouco de japonês comum em meio ao "bzzz, bzzz" murmurado de Hari Kuramoto. As palavras ditas com a voz baixa dela, a partir desse momento, abruptamente começaram a chegar até mim com sentido. Havíamos aberto um novo canal.

"Veterano", era assim que Hari Kuramoto esteve me chamando. Depois, havia dito "Você está enganado".

Capítulo 3

"...Veterano, você está enganado. Eu queria te pedir desculpas faz muito tempo por causa do lixo da reunião geral. Naquela hora, eu fiquei afobada, com a mente em branco, e não entendi por que tinha falado comigo. Fiquei pensando no que faria comigo... e aí você tocou em mim de repente e fiquei com medo. Por isso...", as palavras dela estavam chegando normalmente aos meus ouvidos. Estava ouvindo tudo.

— ...Por isso, hm...

A transmissão de voz era fraca demais e parecia que seria interrompida a qualquer momento se eu não ficasse concentrado em escutar, mas estava certamente a ouvindo.

— ...De verdade, hm, me...

Hari Kuramoto, com o corpo inteiro tremendo e me olhando de baixo, estava buscando por palavras desesperadamente. Era a primeira vez que eu via direito a sua expressão, que não estava escondida pela franja. Os olhos pretos muito, muito grandes estavam tremulantes e translúcidos. Gotas d'água que pareciam pequenos grãos de gelo tinham se acumulado até o limite dos cílios compridos e cairiam pela sua face com o menor piscar de olhos. Era por isso que sempre estava tensa, colocando toda a força nos olhos? Para que a sua fraqueza não caísse? Eu, obtuso, finalmente tinha conseguido compreender.

— ...Me... desculpe...

Hari Kuramoto não esteve me fuzilando com o olhar hostilmente, com os olhos muito abertos; esteve apenas se esforçando para que as lágrimas não caíssem. Além disso, não esteve murmurando palavras sombrias que me amaldiçoavam, esteve tentando pedir desculpas para mim com uma voz ínfima. Antes mesmo de gritar "Socorro!", quis dizer "Me desculpe" para mim. E essa foi a sua prioridade mesmo nessa situação. Era assim a garota chamada Hari Kuramoto, era assim que ela era.

— ...Não...

Queria abrir um sorriso casual, um do feitio de um aluno veterano, mas não consegui, eu era um idiota. Em vez de ter gritado, deveria ter tentando ouvir, muito mais cedo, a voz pequenina, deveria ter tentando sintonizar a minha frequência nas palavras dela, ter tentado me aproximar de um jeito melhor, para que não ficasse assustada. Se tivesse feito isso, quem sabe tivéssemos passado essa semana, desde a segunda-feira em que nos deparamos, de um outro jeito, de uma forma completamente diferente.

— Não... precisa se preocupar com isso. Eu não me incomodei.
— O... O adesivo da sapateira... foi você... também, não foi?
— Tá tudo bem... pode parar.
— ...Mu...muito... obrigada... Eu... tinha reparado naquilo... e fiquei... de verdade... muito feliz... e...

E agora? Era muito para mim, não estava conseguindo reagir com atitude e palavras adequadas. A gravidade estava recaindo sobre mim com muito mais força do que antes e tive a impressão de que a minha espinha quebraria.

Eu queria que ela fosse uma garota esquisita; para mim, seria muito mais fácil se "Hari Kuramoto" fosse uma maluca inexplicável com quem não era possível nem conversar. Uma criatura misteriosa que me amaldiçoava e nem sequer sentia as maldades com que era atingida. A dor no meu peito era muito menor quando eu pensava assim. Mas ela era uma garota normal: quando era atingida pela chuva de mísseis, chorava de dor e sangrava.

— ...Tá tudo bem, de verdade. Eu já entendi. — Dei um jeito de assentir. — Antes de mais nada, você precisa sair daí. Você quer voltar pra casa, não quer?

Hari Kuramoto, outra vez como um boneco bobblehead sacolejando, balançou a cabeça para os lados em negativa e não pegou a chave aos pés. Os lábios sem cor estavam repuxados e tremiam. Eu, olhando para isso de cima, estava em uma postura bem torturante, mas talvez devesse apenas esperar, para todo o sempre, ela falar com a sua voz baixa.

Capítulo 3

— ...N-não... posso voltar...
— Por quê?
— ...A água. Jogaram... água em mim.
— Parece que sim.
— E-eu achava... que uma hora... ia secar... Mas...

As palavras trêmulas eram, desesperadamente, voltadas para mim. A respiração entrecortada dava pulos por vezes, como se fosse um soluço. Transmitia como as energias do corpo totalmente gelado estavam no limite. Talvez não fosse hora de ficar esperando.

— Mas... não está... secando... nem um pouco...
— Não vai secar mesmo, a gente tá no meio do inverno, não vai secar naturalmente.
— Mas... não posso... voltar para casa... se não secar... Não quero... que isso... seja descoberto...
— Pelos seus pais? Não quer que descubram como você sofre bullying?

Hari Kuramoto assentiu.

— O meu pai... é muito... preocupado... Não quero... deixar ele... preocupado... de jeito nenhum...

A antena dentro de mim, que reagia apenas a "filhos do mesmo tipo que eu", captou o que compunha a insegurança misturada no ar.

— ...Você não tem mãe?

Depois de balançar um pouco o olhar, Hari Kuramoto assentiu de novo. Um pouco afobada, acrescentou "Tenho uma avó" e "Mas...", porém hesitou no restante. Não havia como eu não entender o sentimento: não ter ambos os pais, não querer causar preocupações... Eu era assim também, era óbvio que eu conseguia entender.

— Tudo bem. — Antes mesmo de raciocinar... — Então eu vou dar um jeito. — ...A minha boca tinha se mexido, e Hari Kuramoto pareceu espantada com as palavras.

— Há?

Eu mesmo tinha ficado espantado, também. Eu também queria perguntar "Hã?". "O que você pretende fazer? Pretendo fazer alguma coisa. Vai conseguir? Tenho que conseguir, vou dar um jeito de alguma forma, porque eu quero fazer isso. Não sei se vou conseguir, mas eu quero de todo o jeito."

Como que dando uma bronca em mim mesmo, por quase ter ficado acovardado, repeti bem alto:

— Vou dar um jeito!

— ...Ma...mas...

— Eu vou! Vou pensar em algum jeito de você voltar pra casa sem deixar o seu pai preocupado. Então, agora, só pega essa chave pra mim. Vai ficar tudo bem, confia em mim. Você precisa ir embora logo porque, pensa bem, amanhã é domingo. O divertido domingo da salvação. Você precisa voltar pra casa logo, dormir bem e esperar pelo amanhã! Amanhã, vai acontecer alguma coisa boa...

"Needle Kuramoto!", quase completei, por isso me interrompi às pressas. Não, não, essa garota não tinha espinhos, não era assim. Ela era muito frágil e translúcida como se fosse se quebrar agora mesmo, era um precioso...

— Hari...

...cristal. Os olhos dela, como se respirasse com eles, estavam piscando e brilhando com força.

— É um nome bonito, um nome legal.

Eu tinha certeza de que os pais dela tinham dado esse nome para a filha porque a achavam um tesouro. Um tesouro belo desse mundo; ouro, prata, lazulita, cristal: Hari. Hari Kuramoto, um bonito tesouro.

— Por acaso a sua mãe chamava "Ruri"?

— ...Isso mesmo. Hã? Nossa, como é que soube...?

— "Lazulitas e cristais brilham quando iluminados", vi no dicionário de provérbios. Que bom que sempre tenho um no banheiro.

— Você... lê isso... no banheiro...?

Capítulo 3

— Toda manhã, duas páginas.

Com a mão esticada, fiz um "dois", que também foi um sinal de "paz e amor". Vendo isso, pela primeira vez, ela, Hari, relaxou o rosto e esboçou um sorriso. "Ah", eu fiz, sem conseguir tirar os olhos disso.

Devia estar sentindo um frio congelante de matar, mas o pequeno sorriso era macio a ponto de parecer que derreteria do rosto; logo a seguir, entretanto, como que uma flor despetalando, desapareceu. Talvez a ausência da mãe continuasse deixando recair uma sombra no coração de Hari, ou quem sabe ela acabou imaginando em detalhes como eu ficava esperando a evacuação no banheiro.

Fosse como fosse, o que eu conseguia fazer agora era destrancar a porta e devolvê-la para casa. E o que eu precisava fazer para isso? Refleti com todas as forças. Para que Hari conseguisse secar o uniforme molhado e voltar para casa sem que isso fosse descoberto pelo pai...

— Veterano — disse Hari, olhando para mim de baixo —, vou acreditar em você. — Ela se agachou e pegou a chave do piso molhado. — ...Vou acreditar em você, veterano...

Tremendo com força, Hari ficou nas pontas dos pés, esticou o braço e me entregou a chave. Eu a peguei e me decidi: daria um jeito nisso. Apertei a chave na minha mão direita com força. Hari, junto dessa chave, tinha me entregado a sua confiança. Ela havia acreditado em mim, mesmo eu sendo tão sem graça. E...

— ...Veterano... Desocupado... — chamou a voz trêmula, quase me derrubando de onde eu estava.

— Nada disso, viu...?! Eu não sou desocupado!

4

Por ter ficado sustentando o meu peso por todo esse tempo e por conta do frio, os meus dedos não estavam se mexendo direito. Depois de alguns minutos lutando contra o cadeado, estalando a língua de impaciência, eu finalmente consegui abri-lo.

Hari saiu cambaleante. Quantas horas ela tinha ficado presa? Seus passos eram fracos e os seus movimentos eram extremamente lentos; as mãos trêmulas estavam unidas, como se estivesse orando, e o rosto estava congelado com a boca de quando se dizia "I", estava com um aspecto de dar pena. Além disso, depois que a vi em um lugar iluminado, percebi como a situação era muito mais grave do que tinha imaginado.

— Ah! Tira essa roupa logo! Aaah… Aah! Aah!

O casaco tinha mudado de cor por ter absorvido água e o uniforme por baixo – blazer, saia, meias, sapatos e a bolsa – também estava molhado. Enfim, estava molhada por inteira, desde a cabeça e os cabelos, com água gelada. Eu achava que ainda sairia água se torcesse essas roupas.

— …F-f-f-f…

— Quê?! "Snif, snif"?! Não é hora de ficar chorando com uma onomatopeia de quadrinhos!

Hari tinha virado uma estátua que vibrava. Eu tirei dela o casaco que havia ficado pesado, como que o arrancando do corpo, e também o blazer. Os coloquei em cima da pia.

Capítulo 4

— ...Foram... quatro...
— Quatro o quê?!
Eu, rapidamente, também tirei meu casaco e blazer e os coloquei sobre os ombros de Hari, que estava menos coberta.
— Vai, veste logo! Fecha a frente da blusa!
— Fo-foram... quatro baldes... de água... Jogaram... por cima... Fez "Splaaaash"...
Depois de passar os braços nas mangas da minha roupa, Hari ficou observando o teto distraída, com olhos vazios e ainda tremendo. De tanto frio que sentia, o cérebro dela tinha congelado?
— Vai, fecha a blusa! Aaagh! Acorda!
Sem opções, eu prendi os botões do blazer e do casaco como se fosse um serviçal. Hari ficou balançando para os lados e para frente e para trás, à mercê do que eu fazia.
— Disseram... que era quatro... para eu morrer[10]...
Ela tinha aumentado de tamanho com as blusas, e eu estava muito afobado. Estava molhada, gelada e tremendo desse jeito em um dia frio. Eu estava, de verdade, começando a prever uma morte por congelamento.
— ...A-a-ao mesmo tempo... que eu pensei... "São uns demônios"...
Eu precisava vesti-la mais para que conservasse o calor. "Ah, é", lembrei. Eu estava levando o meu agasalho esportivo para casa para lavá-lo.
— ...V-vi que... era... água da torneira... Pro...vavelmente... da pia... aí... E fiquei... aliviada...
Eu tirei o agasalho da bolsa e enrolei a blusa no pescoço de Hari como se fosse um cachecol. Isso não era hora para ligar para as aparências. Depois de ficar em dúvida por um instante, eu enrolei a calça também. Obviamente, não estavam nada limpos.

---

10. *Quatro e Morte*: Em japonês, "quatro" e "morte" são homófonos, por isso o número é considerado mau agouro.

Fazia dois meses que não os levava para casa e, por azar, a costura da parte da virilha encostou bem na região da boca dela. E eu não tinha calma ou tempo para enrolar de novo. Hari, apesar disso, não reclamou e continuou falando sem relutar:

— ...Po-porque... se fosse... uma água suja... c-com os dejetos... deste banheiro... eu ia...

Ela estava falando dedicadamente de uma coisa sem importância.

— Você é bem faladora, hein!

— ...

Hari se calou de repente. Surgiu sombriamente no banheiro o fantasma de uma matriosca, redonda com muitas blusas. A silhueta grande e pesada era muito intimidante. "Duuum", "Buuum", ela parecia fazer.

— Ta-também é medonho você ficar quieta... Tá, você pode falar...

— Ah, sim... Co-como eu ia dizendo... poderia... ter sido muito pior...

— Mas foi bem ruim mesmo sendo água da torneira.

— ...Hm... bem... sim... Mas, hm... apesar de tudo... Ti-ti-tiveram... um po-po-pouco... de bondade...!

Pelo visto, pessoas começavam a gaguejar quando ficavam com muito frio. Quem sabe também ficassem exaltadas antes de morrerem congeladas. A minha preocupação ficou ainda maior depois de ver como Hari continuava falando com o queixo afundado no meu agasalho.

— O-o último balde... era de... água quente! A-achei... que era... bondade! Apesar de que... logo... es-es-es...friou...

— E que horas que isso aconteceu?

— Hm... perto... d-das... duas.

Apareceu, repentinamente, um cavalheiro na história. Mas eu não tinha tempo para ficar fazendo perguntas sobre isso.

— Então foi mais de três horas atrás. Uau, que gentil.

Capítulo 4

No meu pescoço, havia o cachecol que eu tinha me esquecido de tirar, tirei-o também e dei várias voltas com ele na cabeça de Hari, cobrindo os cabelos molhados. Quando dei um nó atrás da cabeça, ela fez "Ngh!", mas não me importei. "Prontinho!", pensei, "Matriosca redonda do calor!".

Peguei a bolsa de Hari, joguei o casaco e o blazer molhados sobre o ombro e não me esqueci da minha própria bolsa.

— Vamos lá! Tá frio pra caramba! Vê se não morre!

— S-sim... Vou... me esforçar... A-a propósito... vamos pra onde...?

— Vou pedir a ajuda de um profissional!

— Pro-...?

Assim que saímos, um vento gelado de inverno soprou sem misericórdia. Eu achava que seria empurrado para trás se não firmasse os pés no chão. Deixei Hari atrás de mim para protegê-la dos ventos e avancei trotando. Talvez nós dois fôssemos morrer congelados se não ficássemos andando e usando os músculos.

Passei pelas árvores na noite muito escura e atravessei a propriedade do campo de atletismo municipal, por vezes olhando para trás para confirmar se Hari estava me seguindo. Embora estivesse trôpega, balançada pelos ventos, estava me acompanhando com empenho.

— Ve-veterano, você...! — Os olhos, na fresta da máscara de cachecol, pareciam brilhantes a ponto de ser estranho.

— Há?!

— Não está... com frio?!

— Não! Porque eu malho!

Obviamente, era mentira, estava só fingindo. Eu só estava com uma camiseta fina embaixo da camisa e era claro que estava com frio. Achava que ia morrer de tanto frio, estava sofrendo com uma dor infernal e já fazia um tempo que o meu tremor e o ranho do nariz não paravam. Mas eu não poderia fraquejar e reclamar.

— Hamada! — exclamei em um desespero resignado, ao que os olhos de Hari piscaram. — É o meu nome! Kiyosumi Hamada!
— ... Kiyo...sumi... Himada...
— Ha! Ma! Da!
— Habada...
— Hamada!
— Habada!
— Kiyosumi! Hamada!
— Hiyosubi! Habada!
— Kiyosumi! Ué?! Piorou?!
— B-be desgulbe, é gue, não zei, o beu dariz cobeçou... a vigar endubido, vederano!
— Quê?! Não entendi!
— Vederano Habada! E... E... não zei... esdou um bouco... um bouco... Ah, não...
— Não entendi!
— Ah, eanoabada... Ah... Ngh! O-o beu dariz!
— Para, que medo!

Nós dois, por algum motivo briguentos, continuamos andando enquanto repetíamos frases sem sentido. Depois de um tempo assim, chegamos ao destino.
— É aqui! Entra, rápido! Ô, donaaa!

Puxei a porta de correr de vidro, que deixava luz forte transparecer. Na mesma hora, o calor do aquecedor subiu como uma nuvem e fiquei com vontade de chorar. Hari, dizendo "Nhaaagh", estava esfregando o rosto com força, usando as duas mãos. Eu conhecia a tiazinha dessa lavanderia desde pequeno, ela cuidava de mim desde que a minha mãe tinha se mudado comigo para essa cidade.
— Ué? O que aconteceu? Pera, ué?! Ué?! O que aconteceu?!

Ela falou primeiro comigo, depois com Hari. Bem, a reação foi natural, a matriosca do calor tinha uma silhueta chocante à primeira vista.

Capítulo 4

— Dona, hm, deixa eu perguntar. Será que você pode dar um jeito na parte de cima e de baixo de um uniforme agora, o mais rápido possível? Vou pagar, claro.

— Se eu ficar com eles agora e for o mais rápido possível, vai ficar pronto... hããã... amanhã, na hora do almoço.

— Não, não precisa lavar, só secar. Ela tá toda molhada. É uma aluna mais nova lá da minha escola.

— Ah, nossa. Tinha dado pra perceber que está com problemas, mas... por que ficou molhada? Choveu?

— Ela sofreu bullying e jogaram água nela. Um monte de cima usando um balde e quatro vezes! Além disso, usaram uma água de torneira geladíssima! — expliquei o que sabia, tentando fazê-la sentir pena.

— Há?! Nesse frio?!

— Isso mesmo! Pra completar, ela foi deixada várias horas sozinha, no escuro!

— O quêêê?! Que crueldade!

— Não é? É por isso que eu queria saber se não tem como você secar ela o mais rápido possível. Desse jeito, ela não vai nem conseguir voltar pra casa.

Coloquei o casaco e o blazer molhados e gelados de Hari sobre o balcão. A tiazinha os observou dizendo "Aaah, nossa!", os tocou, olhou para o aspecto de dar pena de Hari, olhou para a área de trabalho que estava às suas costas e...

— Se não precisam ser lavados, vamos ver... Hmmm... — Em dúvida, ela levantou dois dedos. — Alguma coisa assim.

Devia significar duas horas.

— E aí? Você pode esperar duas horas?

Quando me virei, Hari sacudiu a cabeça para os lados com força em negação. Essa força fez com que a máscara de cachecol saísse e o rosto pequeno ficasse aparente. "Ngh! Aff!", ela fez, fungando o nariz com força e franzindo o cenho. Então...

— Não, impossível...

Hari me olhou com olhos chorosos. Acabei vendo como duas linhas de muco transparente escorreram do seu nariz. Entreguei, devagar, a caixa de lencinhos que estava sobre o balcão.

— ...Ah. Be desgulbe... Estão desentupindo...

Hari se virou para trás e, tomando até impulso, fungou o nariz com todas as forças. Talvez estivesse começando a recuperar temperatura corporal por conta do aquecimento, pois as suas faces estavam ligeiramente rosadas quando se virou de volta. Seria por ter passado pela experiência anormal de, depois de tragédias, ter sobrevivido? Eu tive a impressão de que, como se algum selo tivesse se desfeito, até a expressão dela estava se mexendo mais.

— Hm, não posso ficar por duas horas... O meu pai volta para casa às sete... Se eu não estiver em casa até lá, vai me perguntar o que eu estava fazendo... Ele fica assustador... Muito.

Parece que o pai de Hari era muito rigoroso. Me virei para a tiazinha.

— Não dá pra ser assim?! Por favor!

Eu ergui um dedo. A tiazinha olhou para o relógio.

— Tudo bem. Vou dar um jeito. — Ela assentiu com firmeza. — Mudando de assunto, os jovens de hoje em dia fazem umas coisas medonhas, hein? Vamos, venha pra cá. Antes de mais nada, vou ficar com tudo que está molhado.

Ela chamou Hari com um gesto e as duas foram para os fundos do estabelecimento por uma porta ao lado. Fiquei esperando por alguns minutos e Hari, quando saiu, estava com um visual espantosamente brega: vestia o meu agasalho e se cobria com o meu blazer e casaco. Ela fez uma pequena reverência com a cabeça, pesarosa.

— ...Me desculpe. Ainda vou precisar das roupas...

— Não se preocupa, tá tudo bem.

"Você pode continuar usando o agasalho que não é lavado faz dois meses", pensei, mas deixei essa parte guardada no coração.

Capítulo 4

Estava tudo bem. Ultimamente, eu não tinha me esforçado na Educação Física a ponto de suar.

Pelo visto, Hari tinha entregado a blusa, a saia e até as luvas para a tiazinha. Como estava usando sandálias com os pés descalços, devia ter entregado a meia-calça e os sapatos também.

— Só pra você saber, não estou sem nada...

— Hein?

— Estou de calcinha... embaixo do agasalho...

— A-ah, tá...

As mãos que estavam só com os dedos para fora das mangas compridas demais seguravam, por algum motivo, dois oshirukos[11] instantâneos.

— De onde veio isso?

— A senhora disse para colocarmos água e tomar... E para eu ir pegar o uniforme em uma hora.

— Uma hora tá bom pra você, né?

— Sim. E ela disse para esperarmos um minuto...

— Hein? Não é uma hora?

— É instantâneo, mas tem moti dentro... Incrível, não acha?

— Ah. Você tá falando do oshiruko. Então a gente pode esperar na minha casa. Obrigado, dona! A gente volta mais tarde, depois de tomar o oshiruko!

A tiazinha, segurando o uniforme molhado de Hari do outro lado do balcão, estava com o rosto franzido, sabia-se lá por quê. "Ei, venha aqui", ela me chamou com um gesto, antes de pendurar no meu pescoço o cachecol de que eu tinha me esquecido, enrolado em Hari. Em seguida, a tiazinha aproximou o rosto discretamente.

— Coitada dela, que crueldade. Os professores da sua escola estão sabendo disso? — ela sussurrou.

Devia estar se referindo ao bullying.

---

11. *Oshiruko*: Sobremesa japonesa que consiste em uma sopa de feijão azuki e motis (bolinhos de arroz glutinoso).

— Eles sabem. E vou contar sobre o que aconteceu hoje.
— ...Ajuda ela, tudo bem?
Eu assenti com força para a tiazinha, confiante.
— É o que eu pretendo fazer.
Saímos da lavanderia e, juntos, voltamos a andar em meio a ventos frios. Eu morava em uma rua próxima, em uma pequena casa alugada.

Quando Hari fez menção de tirar o casaco, eu disse "Continua com ele" e a incentivei a se enfiar no kotatsu[12] da sala. Coloquei o kotatsu na tomada, o liguei na intensidade "forte" e depois peguei um aquecedor elétrico no meu quarto, que ficava no segundo andar, para colocá-lo atrás da garota sentada. Eu o liguei também no forte. Mentalizei "Fica quente logo" para os eletrodomésticos. "Vai, energia elétrica. Vai, calor. Esquenta a Hari logo".
— Devia ter uma intensidade "insana".
— ...Intensidade... insana...?
— Esquece. Mas e aí? Tá mais quente?
— ...Ah, sim. Estou começando a me aquecer...
Coloquei um cachecol sobre os ombros dela, peguei um secador no banheiro e também peguei emprestado um par de meias da minha mãe.
— É da minha mãe, mas usa aí.
— Há? Mas, hm, tudo bem...?
— Tá tudo bem. Você vai passar frio se ficar descalça. E seca o seu cabelo com isto daqui. Vai conseguir sem um espelho? Quer uma toalha e uma escova?
— Ah, hm, sim, isso basta... Muito obrigada...
Coloquei o secador na tomada e Hari, conforme a minha orientação, calçou as meias. Ainda enfiada no kotatsu, ela começou a secar os cabelos obedientemente. Os cabelos pretos e longos nas costas dela estavam dançando com o vento quente. Ótimo.

---

12. *Kotatsu*: Mesa baixa com aquecimento embutido, cercada por edredons espessos, comumente usada no Japão durante o inverno.

Capítulo 4

Ouvindo o som do secador, esquentei água na cozinha. Abri a tampa dos oshirukos que a tiazinha tinha nos dado e pus água fervente até a linha no interior dos potes.

— Conta o tempo.
— Há? Hm? ...Ah! Pros oshirukos?! Pros motis?!
— Me avisa quando der um minuto.
— Certo!

Tomando cuidado para não derramar, peguei um copo de oshiruko com água quente em cada mão e fui até o kotatsu. Levei dois pares de hashis[13] também.

Hari se esqueceu até mesmo de que estava secando o cabelo e, ainda com o secador na mão, encarou o relógio na parede com uma expressão intensa. Estava com os olhos de um assassino, não querendo deixar escapar nem um movimento sequer do ponteiro dos segundos. Ela pretendia ficar com essa cara por um minuto inteiro?

— ...Ei.
— Faltam quarenta segundos!
— ...Você tá com uma cara medonha.
— Faltam trinta segundos! Veterano, se prepare!
— ...Preparar...? Assim...?

Peguei os hashis e pus os dedos na tampa de papel. Hari fez o mesmo.

— Quinze segundos! Vou começar uma contagem regressiva! Dez, nove, oito, sete, seis, cinco, quatro...

E então, por algum motivo, ela continuou a contagem olhando nos meus olhos, sem produzir som. "Sério. Por quê?", pensei.

— ....Agora!

Houve um "Zupt!" quando ela apontou para mim.

— T-tá!

Levado pelo ímpeto inexplicável, eu abri a tampa de papel com tudo. Hari, ao mesmo tempo que eu, também abriu fazendo "Vrap!".

---

13. *Hashi*: Um par de palitinhos usados como talher no Japão.

E, quando foi misturar o oshiruko ferozmente com os hashis que tinha na mão...

— Aaaah?!

Ela, cobrindo a boca com a mão, repentinamente arqueou o corpo com força para trás. Arregalou os olhos, ficou com ombros trêmulos, fitou a ilustração na tampa de papel, conferiu alguma coisa e olhou de novo para o interior do copo.

— Ve-veterano, nossa! Aconteceu uma coisa surpreendente! — Hari começou a fazer baderna.

— O que foi?

— Tem... Tem dois motis! De acordo com a foto do recipiente, é para ter só um! Isso é estranho!

— Ah, é?

— O-o que eu devo fazer?!

— Você gosta de moti?

— Si-sim... Gosto muito de verdade...!

— Que bom, então você devia aceitar a sorte que chegou de repente.

— M-mas... eu posso...?!

— Claro que pode. Os dois são seus.

— ...Uau...!

Hari pressionou as faces com as mãos, fechou os olhos e, nessa pose, caiu para a frente. Graças a isso, a testa dela fez um "Blam!" no tampo do kotatsu, mas não se importou. Estava aproveitando, do fundo do coração, a sorte de ter um moti em dobro. Eu não achava que ela fosse ficar tão feliz. Tudo que tinha feito era jogar a minha parte dentro do pote dela, antes de colocar a água quente, sem pensar nada em especial. Mas, talvez, essa tivesse sido a minha melhor jogada do dia.

— Nossa, inacreditável! Isso é real...? Uau. Ah! Aaah. Por quê? Motis...!

De olhos brilhantes, Hari mordiscou a ponta do moti com os dentes da frente, com cuidado, e bebeu o oshiruko muito quente.

Capítulo 4

Enquanto fazia isso, ficou falando "Tão bom, aah, motis, oshiruko, nossa". Pelo visto, queria muito comer e falar ao mesmo tempo.

"Q-que barulhenta...!"

Inesperadamente, era assim que ela era depois de nossos canais terem entrado em sintonia. Era meio barulhenta, meio tagarela... Quando ficava animada, começava a fazer alarde de repente. Além disso, apesar de eu não conseguir explicar direito, era muito diferente da impressão que havia passado de início, de que era terrivelmente problemática. O que seria? Como eu poderia explicar? Busquei expressões dentro de mim. "Hááá, isso daqui é... é... fo-...".

— É tão bom, veterano.

"É-é fofura...!", sim, era isso.

— Aham. Tá bom mesmo.

Exatamente, fofura. Hari Kuramoto era fofa. "Mas ei...! Isso é surpreendente, não é?! Ela?! Fofa?! Inacreditável!"

Fingindo indiferença, virei só os olhos, com discrição, para Hari. Ela estava tomando oshiruko fazendo bico e comendo moti fazendo "Nhac, nhac". Tudo que aparecia das mangas compridas demais eram as pontas dos dedos e, por algum motivo, estava risonha. Estava fazendo "Heh". Devia estar feliz porque o oshiruko estava bom. Os olhos estavam estreitados como os de gatos.

Aos meus olhos, agora, Hari Kuramoto parecia uma criatura espantosamente adorável. Muito mesmo, em níveis absurdos. Talvez por conta do secador, os cabelos pretos sedosos estavam leves e cheios, subindo na testa. Consegui ver bem o rosto que costumava ficar escurecido e escondido pela franja. Na verdade, ela tinha um rosto muito bonito, com traços delicados. A pele era clara e as bochechas eram levemente rosadas, a ponte fina do nariz desenhava um arco até chegar a lábios pequenos, os olhos pretos grandes, cintilando e piscando brilhavam de uma forma realmente espantosa, como se fossem estrelas ou joias. Bastava o seu olhar tremer um pouco para eu sentir que todo o meu mundo estava sendo sacudido.

Havia, ali, uma pessoa que chamava muita atenção. Ali, sobre as mesmas terras em que eu estava respirando, piscando e vivendo. Uma vez percebido, seria difícil qualquer um ignorar esse fato. Hari logo se tornaria "especial" para muitas pessoas como tinha se tornado para mim.

Quem sabe fosse por ser uma criatura dessas que Hari tinha chamado a atenção de pessoas com maldade, quem sabe fosse por isso que tinha virado o alvo de bullying quando havia tantos alunos no primeiro ano. "Se ela tivesse força pra repelir essas maldades sem graça...", enquanto pensava, acabei olhando fixamente para o rosto de Hari.

— ...Hm... É-é meio difícil de comer... com você me olhando...

— Eu só tava pensando que é legal você deixar o cabelo assim, leve e erguido, pra mostrar a testa.

— "Legal"?

— Você fica bonita.

— ...

"Clash", como se tivesse escutado de um médico que estava em estado terminal, Hari deixou cair os hashis que tinha na mão direita de repente sobre o tampo da mesa. "Que exagerada...", pensei, pegando os palitinhos e os colocando na mão dela de novo.

— O que eu disse foi tão chocante assim?

— ...Quê?! M-mas... Há?! Hein?! Hein...? Hein?!

— É o que eu acho de verdade. Você devia ficar assim sempre, deixar o cabelo leve, tenho certeza que fica melhor.

— ...Ugh?! Hein...?! Ah! Uh! ...Hein?!

— E você também devia ficar reta e olhando pra frente, sem ficar com as costas muito curvadas, olhando só pro chão.

— Ce...ce-...

— E falar com clareza, também. Igual você tá fazendo agora comigo.

Capítulo 4

— ...Cer...to...!
— E aí, as outras pessoas vão ver que você, na verdade, é bonita, além de muito legal e também bem interessante. Vai conseguir mostrar isso pra eles que nem mostrou pra mim.

"Tenho certeza de que vai conseguir mostrar que você é um tesouro bonito, precioso e especial que não deve ser ferido por ninguém. Por ser especial, deve ter quem queira manchar ou quebrar. Mas, por ser especial, tem também gente que quer cuidar bem de você. Que nem eu, por exemplo. Não rejeita gente assim."

Quando olhei para Hari...

— ...

...ela tinha escondido o rosto sombriamente com a franja, mais do que depressa. De tanto que estava pesadamente curvada, estava quase afundando a cabeça no edredom do kotatsu. "Mas eu acabei de dizer...!". Eu tentei segurar o queixo de Hari por baixo para fazê-la erguer o rosto, mas ela mostrou uma teimosia repentina: "...! ...! ...!". Contorcendo o corpo para lá e para cá, quis dar um jeito de virar a cara. As faces que consegui ver por entre os cabelos tinham a cor de um polvo cozido. Estavam muito vermelhos de um jeito até estranho. Então...

— Aaaaaaaaaaah!

Mais uma vez, fez alarde. "Agh?! O quê?!", eu fiz. Hari apontou para o meu oshiruko e depois acrescentou:

— Aaaaaaaaaaaaah!
— Mas o que foi?! Que barulheira!
— Vo-vo-você não tem um moti! Ah?! O-ou seja...?! Aaah!!!
— Nossa, você é, mesmo, surpreendentemente barulhenta.

Hari fechou a boca e se calou de súbito. Espiou a minha cara, me olhando fixamente.

— O-o quê...?
— Desvendei o mistério.
— Mistério?

— Veterano, você me deu o seu moti. Certo?
— ...Hã? Não, não sei de nada...
— Não disfarce. A verdade é que eu estava conferindo faz um tempo. "Será que ele já comeu o moti? Quando é que vai comer? Será que é do tipo que deixa pro final? Mas o sabor ainda vai estar bom? Aliás, será que ele gosta de motis e coisas doces pra começo de conversa?" E aí acabou assim! Nessa situação! Eu já imaginava! É uma coisa que eu já estava pensando faz muito, muuuito tempo!
— ..."Será que ele não me dá o moti dele"?
— Não!
Ela sacudiu a cabeça com força enquanto se empertigava, exaltada.
— Você, veterano...! É...! Não sei...! É...
Mas ela interrompeu a frase e, rapidamente, saiu do kotatsu rastejando com os joelhos. Recuperando o fôlego, se sentou formalmente na minha frente, pousou os hashis e fechou as mãos em pequenos punhos dentro das mangas compridas. Hari os balançou algumas vezes, como que pegando o ritmo, até...
— ...Gentil — disse, compenetrada. — Você me protege. É como se... — Em silêncio, baixou os cílios longos uma vez. — ... Fosse um herói. — E os ergueu.
Os olhos de Hari estavam olhando para mim. Dentro deles, havia uma luz forte que parecia as chamas da vida em si. Estavam me fitando de forma muito direta e, por um instante, quase me senti acuado. Eu conseguiria encará-la de volta com a mesma sinceridade?
— Mas por quê? Por que alguém como eu?
Tensionei a barriga e dei um jeito de resistir. Silenciei o coração abalado.
— ...Precisa de um motivo pra um herói ser um herói?
Obviamente, eu não era um herói. Na verdade, era só um moleque apenas dois anos mais velho do que ela. O máximo que eu conseguia fazer era juntar os seus sapatos da escola e destrancar o

Capítulo 4

depósito de material de limpeza. Não conseguiria estender o meu corpo feito um guarda-chuva e protegê-la de todas as pedradas de maldade. Aliás, provavelmente, eu não conseguiria fazê-lo mesmo depois de adulto. Ninguém conseguiria. Para começar, pessoas eram frágeis demais, não conseguiam tocar em fogo, não conseguiam ficar muito tempo debaixo da água, tinham ossos que eram quebrados se vergados, sangravam quando cortadas, precisavam de oxigênio e comida, precisavam também de sono e dinheiro e, se não tivessem essas coisas, morriam, apodreciam. Em uma vida de, no máximo, uns cem anos, não conseguiam proteger nem sequer a si mesmos. O que poderiam fazer pelos outros?

Mas, nesse momento, eu não queria que Hari soubesse dessa verdade. Não queria que percebesse como eu era apenas um humano normal, queria concordar com o olhar sincero, queria corresponder ao sentimento voltado a mim, não consegui fazer outra coisa.

— Não é pra contar pros outros, viu? Que eu sou um herói...

Hari ficou com olhos ainda mais brilhantes e assentiu veemente e profundamente. Eu peguei a tampa de papel do oshiruko, que estava sobre a mesa depois de ter sido tirada, ergui-a na frente do rosto como se fosse uma máscara para esconder a minha expressão. Encobri desesperadamente os olhos prestes a ficarem amedrontados, o coração abalado e toda a impotência, fingi que era capaz de cuidar perfeitamente dela. Eu mesmo achava que estava sendo ridículo, estava sendo a definição de "ridículo", mas Hari juntou as mãos na frente do peito, não riu e ficou me olhando com seriedade.

— Homem-Oshiruko...

— ...Não, para. Alguma marca registrada vai me acusar por imitação...

— Veterano... Você é incrível. Admirável.

Hari estava com as faces rosadas, usando o meu blazer e o meu casaco sobre o meu agasalho e com o meu cachecol sobre os ombros. Os olhos dela não se desviavam mais para lugar nenhum.

— O que preciso fazer para ser forte como você?
Hari confiava em alguém como eu.
— Você quer ser forte?
Ela assentiu veementemente, ergueu a cabeça e voltou o olhar direto para o meu rosto escondido pela máscara de oshiruko.
— Quero. Na verdade, eu queria ser forte faz muito tempo. Quero ficar forte como você, veterano, e... lutar.
— Contra as pessoas que te maltratam?
— Não.
Hari sacudiu a cabeça devagar e usou uma mão para apontar diretamente acima de sua cabeça. Então, com olhos que não estavam brincando nem um pouco...
— Vou derrubar um óvni.
Fui assolado por uma tontura, fiquei sem palavras para uma resposta. Como assim?
— Já que estamos aqui, posso falar sobre isso?
— ...Não.
— Me ouça, por favor, veterano. óvnis existem.
— ...Nããão, não. Espera aí um pouco.
— Mas existem.
— Espera, para. Não sei como te dizer, mas eu não entendo desse tipo de coisa, sabe? Não sou tão entrosado no assunto...
— Veterano, quero dizer, Homem-Oshiruko, é uma coisa importante para mim.
Hari estava me fitando fixamente. Os olhos brilhantes ainda estavam olhando diretamente para mim.
— ...Tá! Vamos dar uma pausa! Vamos tomar o resto do oshiruko! Vai ser um desperdício se esfriar, não é?
— Ah, sim.
Voltei para o kotatsu e continuei tomando o oshiruko. Enquanto emitia um "Sluuurp", bebendo o líquido doce e quente, fiquei pensando "E agora?". A garota que eu achava ser esquisita, na verdade,

Capítulo 4

era uma garota adorável. Mas, no fim das contas... "Talvez ela seja beeem problemática..."

Meu coração estava acelerado por vários motivos. Nem eu conseguiria dar um jeito em óvnis. Eu era de humanas, o espaço sideral era distante demais.

*

"Obviamente, é uma ficção. Uma história inventada", Hari introduziu com clareza, por isso...

— Ah, sim! Entendi... Mas é claro. — Fiquei aliviado do fundo do coração.

— Por acaso achou que eu estava falando sério?

— Uhum, um pouco.

— Eu pareço alguém que diria esse tipo de coisa?

— Bastante. Afinal, você é bem surpreendente. E, hoje, fui espantado várias vezes.

— ..."Surpreendente", "espantado".

— Estou elogiando, quer dizer que você é interessante.

Enquanto andávamos lado a lado, espiei discretamente como ar branco subia da boca de Hari. Os lábios de aspecto macio tinham uma cor suave que lembrava flores, não devia mais estar com frio. Que bom.

A tiazinha da lavanderia tinha deixado o uniforme pronto mais cedo do que o combinado e chegou até mesmo a entregá-lo na minha casa. Eu quis pagar, mas ela disse "Não, não precisa!" e não quis, de jeito nenhum, me dizer quanto o serviço custava. "Esquece isso e a acompanhe direitinho até a casa dela, tudo bem?!". Ao falar isso, deu um tapa forte nas minhas costas.

Saímos de casa um pouco antes das seis e meia. Junto da Hari que havia, a salvo, voltado a usar o seu uniforme e o seu casaco, eu andei pela noite usando o meu próprio casaco. Estava frio a ponto de parecer que até a minha respiração congelaria. De acordo com a previsão do tempo, passaria a chover ou a nevar, mas os ventos gelados ainda estavam secos.

A região da estação era movimentada, com prédios comerciais e o paço municipal, porém o lugar em que estávamos era realmente uma roça. Havia casas apenas aqui e ali e, de vez em quando, um bar ou uma placa de loja. Havia uma cabana abandonada misteriosa, de chapas onduladas enferrujadas; um estacionamento em mau estado que só era grande; um posto de gasolina, plantações comerciais e também plantações pequenas de arroz para consumo próprio. Do outro lado do horizonte, havia grandes montanhas, montanhas, montanhas e mais montanhas...

Não estávamos na rota do ônibus que ia para o centro e havia poucas pessoas transitando. Havia relativamente vários carros passando e os motoristas dessa província, sem exceções, aceleravam muito. Não havia defesas metálicas na rua, por isso eu ficava constantemente aflito.

Levaríamos mais de vinte minutos a pé até a casa de Hari. Tinha perguntado qual era o endereço e era um lugar ainda mais vazio do que onde estávamos. Ela disse que eu não precisava acompanhá-la, mas obviamente não poderia fazer isso e estávamos nessa rua depois de praticamente ter ido junto à força. Informei que escutaria a história dos óvnis e finalmente Hari concordou em ser acompanhada.

— Quem começou a falar disso foi o meu pai.

Ela começou a contar erguendo um pouco a franja com os dedos enluvados. Era o assunto em questão, sobre o óvni. O nariz dela estava vermelho no rosto de perfil, provavelmente por conta do frio.

— Foi no inverno de quatro anos atrás... A minha mãe foi embora.

— Se divorciaram?

— Eu ainda não sei como é a relação deles oficialmente. Nem onde ela mora agora.

— Ela desapareceu, é?

Capítulo 4

— Parece que o meu pai sabe onde ela está. Parece que já foi ver ela e conversaram. Mas ele não me conta onde é e a minha mãe não vem me ver. Juntando as coisas que ele me contou, eu acho, apesar de não ter certeza, que agora ela... já tem outra família.

— Entendi. Nessas horas, é triste ser criança.

— Sim... Mas também consigo entender o sentimento da minha mãe. O meu pai é rigoroso e sempre falava de um jeito cruel com ela... Fazia muitas crueldades. Hoje, eu acho que faz sentido ela ter ido embora. Daria, mesmo, vontade de fugir.

"Deixando você pra trás?", pensei, mas não consegui dizer. Eu não pretendia jogar sal na ferida e alguém que tinha acabado de conhecê-la não poderia se intrometer em questões familiares.

— Só que, na época em que isso aconteceu, eu fiz bastante alarde. Fiquei perguntando "Por quê? Por quê?" ou "Cadê a minha mãe?". "Será que ela não me quer mais? É por que eu não fui uma boa menina?". E aí o meu pai disse: "Foi um óvni, Hari. Um óvni, Hari. Mesmo não dando para ver, existem óvnis nos céus. A sua mãe foi sequestrada. É por isso que você não vai mais ver ela. Desista. Mas... Isso não é culpa sua."

— ...

— Foi isso.

— ...Sabe isso? Ele disse "Não é culpa sua", mas... na verdade, é: "Inclusive, é culpa sua!", não é?

O rosto de perfil de Hari, parecendo perdido, franziu o cenho ainda olhando para a frente. Eu vi como a respiração branca parou por alguns segundos.

— ...É, sim. Mas eu ficaria com pena do meu pai se começasse a pensar desse jeito.

Os olhos tremulantes com prateado dentro espiaram a minha expressão.

— Por isso, se possível, eu não queria pensar desse jeito, mesmo agora. Porque somos pai e filha. Para mim, ele é o único pai que tenho.

Se ele for embora, vou ficar totalmente sozinha. E, agora, eu sou a única que ele tem.

— Você tem uma avó, não tem?

— ...Tenho.

— Ela é a mãe do seu pai?

— Não. É minha avó materna.

— Ah, é? Então deve ser meio desconfortável pra ela, depois da sua mãe ter ido embora.

— Ela não diz nada. É quieta, muito — sibilou Hari a última parte, antes de se calar.

O silêncio perdurou, o que começou a me deixar preocupado. Eu tinha, por acaso, dito alguma coisa que não deveria? Ela estava me contando uma coisa importante, se abrindo para mostrar o que tinha no fundo do peito, e eu, idiota, tinha estragado tudo? Tinha criado uma nova ferida?

Ficamos andando calados por um tempo. Mas dado momento...

— ...Mas não é culpa minha.

...Hari parou e voltou a falar.

— E também não é culpa do meu pai. Ou da minha mãe. Nada é. É tudo culpa do óvni.

Erguendo o queixo devagar, ela olhou para a minha cara de baixo. Os cabelos longos bagunçados pelo vento estavam tocando em suas faces.

— Eu achei que estava tudo bem assim. Quando percebi, eu achava que isso resolvia tudo. O bullying e também as outras coisas. Várias coisas, tudo. Tudo que não sai como eu quero é culpa do óvni que está no céu, que não consigo ver, não consigo alcançar e em que ninguém acredita quando eu falo disso. É por isso que não posso fazer nada, não tem o que fazer, só posso desistir... Mas...

Na escuridão solitária e profunda, a única coisa que brilhava com força eram os olhos de Hari.

— Você encontrou o meu óvni, veterano.

Capítulo 4

Repentinamente, senti vontade de chorar e sorri para resistir.
— Eu? Quando?
— Na segunda-feira, foi o que pareceu pra mim. Um herói apareceu de repente e reparou nos ataques do óvni. E ele está me protegendo, está querendo lutar por mim. Está sendo o meu aliado. Eu sei como você esteve prestando atenção em mim, veterano. Fiquei chocada, pensei: "Nossa, isso acontece de verdade?", "Tem gente assim?". Desde aquela segunda-feira, o meu mundo mudou. "Zum!", ele deu um giro. Todas as coisas mudaram, mudou completamente.
— ...Eu não acho que fiz grande coisa.
— Fez, sim. E continua fazendo. Então eu pensei... Aliás, percebi que eu posso lutar. Que, se conseguir derrubar aquilo, vou conseguir ser livre.

A ausência da mãe, as pessoas que a maltratavam e talvez até o rigor do pai era o óvni flutuando nos céus de Hari, o "aquilo", todas as coisas que a torturavam e a magoavam.
— Foi você... Foi um herói que me mostrou isso.

Os olhos de Hari... Dois olhos fortemente brilhantes estavam olhando diretamente para mim. Agora, eu realmente queria derrubar um óvni, queria apagar todas essas coisas dos céus dela, faria qualquer coisa por isso.
— Veterano, aquilo, nos céus, fica com uma rede baixada pra me capturar.
— ...Que pitoresco, é uma rede de pesca?
— É, sim. O meu corpo está capturado e eu não sou nada livre, não consigo me mexer, não consigo fugir e não consigo falar. Não gosto disso... mas achava que tinha que desistir. Que precisava aguentar... até conhecer você. Eu também quero ser como você, veterano, será que consigo?
— Não sei.
— Eu quero ficar forte para derrubar óvnis. O que tenho que fazer? O que preciso fazer? A primeira coisa é malhar?

— O mais importante é o psicológico, porque é com os próprios sentimentos que se vira um herói.

— Com os sentimentos?

— ...Quero dizer que você tem que desejar ser um herói com força e mudar a si mesmo.

— Mudar a si mesmo... Ah! Ou seja, se transformar, não é?!

— Isso, se transformar.

Debaixo do céu da noite estrelado, sob um óvni que eu não enxergava, eu falei com firmeza, conversando também comigo mesmo:

— Fique forte, Hari. Eu também vou me fortalecer mais. Deseje, acredite e se transforme.

— Sim!

Foi uma promessa que fiz para Hari e também para mim mesmo. Me transformaria por ela, que estava confiando com tanta sinceridade em alguém como eu. Me tornaria o "eu em que ela acreditava". Realmente viraria um herói.

— Presta atenção: um herói jamais deve ignorar um inimigo do mal.

Hari assentiu e repetiu: "Um herói jamais deve ignorar um inimigo do mal".

— Um herói jamais deve lutar por si mesmo.

— Um herói jamais deve lutar por si mesmo.

— E um herói não perde, jamais.

— Um herói não perde, jamais.

— ...Isso é um herói, "ser forte" deve ser isso.

— Tenho certeza que sim, já que é você que está dizendo, veterano! Não vou me esquecer do que acabei de ouvir. Eu também vou seguir essas regras.

Com uma cara séria, Hari cerrou as mãos enluvadas diante do peito como se estivesse fazendo um juramento.

— Bem, agora eu estou indo.

Capítulo 4

Nós estávamos em um cruzamento estreito depois da área residencial vazia, em um lugar que era ainda mais vazio e cheio de plantações. Atrás de Hari havia um matagal e uma área pantanosa e se viam grandes sombras de todo tipo de árvore, mais escuras do que o céu noturno. A casa de Hari ficava naquela região? Eu ficava impressionado que tivessem construído uma casa em um local tão vazio.

— Eu vou com você.
— Consigo ir sozinha a partir daqui. O meu pai já vai voltar.
— Vou com você até a frente da sua casa.
— Não, não pode.

Vendo como Hari sacudiu a cabeça teimosamente para os lados, pensei que um pai rigoroso também não gostaria que a filha voltasse junto de um homem.

— Então fica com isto.

Eu, então, estendi o guarda-chuva dobrável que tinha trazido, mas Hari não o pegou.

— Não está chovendo.
— Pode ser que chova daqui a pouco.
— Está tudo bem, vou correr. — Hari então olhou para mim mais uma vez e disse: — Muito obrigada por hoje, de verdade! — Em seguida, baixou a cabeça em uma reverência.

Ela realmente pretendia ir embora sozinha. Eu quis, então, por último...

— ...Hari!
— Sim?
— É assim, ó!

Quis, de todo o jeito, de qualquer jeito, independentemente do que precisasse fazer...

— ...Traaansformar! Há!

...que ela risse. Eu queria ver, nesse momento, mais uma vez, o sorriso que havia sido mostrado por apenas um instante naquele banheiro feminino de congelar. Queria ir embora só depois de vê-lo.

Foi por isso que afastei as pernas, baixei o quadril, girei os braços com força e...

— O herói chegou!

"Zupt!", dobrei uma das pernas e fiz uma pose. Queria que ela visse como eu estava ridículo e risse. Desejei do fundo do meu coração.

— ...Veterano.

Hari parou na postura virada para trás.

— Você não precisa da máscara de oshiruko...?

— Não, porque já guardei o poder dentro da barriga. Daqui a pouco, a composição dele vai sair pelos meus poros e envolver o meu rosto automaticamente com o pacote de oshiruko!

— É assim que funciona?!

Sem conseguir se conter, ela finalmente fez "Ahahaha!", em tom alegre. As faces relaxadas com a risada brilhavam redondas e adoráveis. Eu queria ficar vendo esse rosto para sempre, queria ficar ouvindo essa voz, queria que ficasse rindo para sempre, pela vida toda... ou melhor, por toda a eternidade.

— Boa noite!

Mas Hari girou nos calcanhares rapidamente e saiu correndo na direção das sombras da noite que pareciam um maciço de trevas.

Nessa noite, mais tarde, choveu aguaneve. Por um tempo, choveu com bastante força, mas parou quando eu não estava vendo.

No dia seguinte, um domingo... Eu estava estudando no meu quarto, desde cedo, quando tive a impressão de ter visto uma silhueta pela janela, uma do outro lado da rua. Seria Hari? Eu me levantei e abri a janela, mas a silhueta já tinha sumido.

Eu não sabia se realmente tinha sido ela. Mas, se tivesse sido, a coisa boa havia acontecido comigo. Mesmo que só por um instante, a única garota que começava a ocupar o meu coração havia surgido na realidade. Se tivesse sido o caso, foi, para mim, uma sorte grande e maravilhosa.

5

Eu nunca tinha ficado tão ansioso para ir à escola em uma segunda-feira. Acordei num salto, com um entusiasmo espantoso, e fiz tudo – lavei o rosto, escovei os dentes, fui no banheiro, tomei o café da manhã e me troquei – com movimentos fluidos e rápidos. Vesti o casaco e peguei as minhas coisas. Olhei para as horas na televisão e estava mais de meia hora adiantado em relação ao normal. O tempo estava bom. Tudo parecia bom.

— Estou saindo! — Eu fiz menção de sair de casa, mas…

— Espera aí, Kiyosumi! Você esqueceu!

A minha mãe fez "Toma!" e pendurou um cachecol no meu pescoço como se estivesse jogando um laço. "Valeu!", eu respondi e, com ímpeto outra vez, quis sair correndo de casa. Mas o sorriso da minha mãe estava estranhamente sugestivo; de tão sugestivo e desagradável que estava, acabei me virando enquanto estava com a maçaneta na mão.

— …O-o que foi?

— Há? Naaada. Tenha um bom dia!

Os olhos arqueados também estavam desagradáveis. Só existiam olhos assim em gibis. "Para de quebrar a quarta parede."

— …Que cara é essa?

— Aaah, é só que…

— "Só que" o quê?!

— Eu estava pensando aqui que você vai ficar de tocaaaia, que vai entregar antes de ir para a escooola. He-he!

— ...Tem algum problema?!

— Nenhuuum. Mas, ah, então é assiiiiim? Você não vai pra escola com uma menina desde o ensino fundamental, quando ia pra escola em grupo. Será que isso daqui é um evento importaaaante? Ah, quer tirar uma foto? A luz da manhã tá vindo por trás de você e parece uma auréola. Você tá impressionante. Cadê a câmera?

— Para com isso! Não é pra tirar fotos! Tô indo, tá?!

Eu decolei do território de pensamentos sugestivos da minha mãe, como se me desvencilhasse disso junto da gravidade. Saí correndo da entrada de casa e finalmente fui para fora. Enquanto andava pela rua iluminada por um sol matinal amarelo de inverno, recaindo na diagonal, senti como o meu ímpeto tinha diminuído um pouco. Mas como ela era falante, não tinha delicadeza nenhuma, ela não entendia como o coração masculino era sensível? Quando perceberia que o filho tinha sentimentos? Era por isso que ela não conseguia se casar de novo.

Tinha sido a tiazinha da lavanderia quem havia contado tudo do dia anterior para a minha mãe. Eu não queria falar mal dela, já que havia realmente me ajudado durante aquela ocorrência, mas... ao mesmo tempo, pensava: "Olha só o que você fez!".

Na noite passada, a tiazinha apareceu em casa na hora em que já tínhamos jantado. Ela havia feito ohagi[14] e levado um pouco para nós. Não era nenhuma data especial, mas havia bastante. Então ela disse "Amanhã, leve um pouco pra aquela garota. Eu acabei de fazer, então deixe em um lugar ventilado".

A minha mãe, que não estava sabendo de nada, naturalmente perguntou "Quem é 'aquela garota'?". Não que fosse esconder dela,

---

14. *Ohagi*: Doce tradicional japonês que são pequenas bolas de arroz doces, cobertas de pasta de feijão doce. No Japão, algumas pessoas têm o costume de, durante dois períodos do calendário budista, chamados de "Ohigan" (que ocorre por volta dos equinócios de primavera e de outono), comer e dar ohagis de oferenda a antepassados.

Capítulo 5

mas a tiazinha me deixou de lado, sendo que eu era o envolvido, e começou a falar sem parar. Embora estivesse um frio terrível, se sentou no degrau da entrada[15] e: "Então, você não sabe. No sábado, o Kiyosumi, de repente, apareceu com uma garota bonitinha. E pediu pra eu secar o uniforme dela. Disse que ela sofreu bullying. Eu fiquei com tanta, tanta dó quando vi essa menina. Ela estava encharcada, e no inverno, ainda... Além disso, estava com vários hematomas nos braços, nas pernas e nas costas. 'A garotada de hoje é tão cruel', eu fiquei pensando. Me deu vontade de chorar e quis fazer alguma coisa por ela". E por isso os ohagis. Era a mentalidade característica de idosos, de que doces resolviam tudo.

Independentemente de como foi a perturbação da minha mãe depois, a consideração era gratificante. Hari devia gostar de ohagis, visto que tinha feito o maior alarde só por causa de motis de um oshiruko instantâneo. Ohagis = pasta de feijão doce + arroz de moti, logo, Hari devia adorar. Eu podia não ser bom em matemática, mas conseguia resolver essa equação.

O problema era a forma de entregar. Se o famoso e palerma "veterano desocupado" fosse abertamente até a sala de aula do primeiro ano e entregasse ohagis a Hari como se a conhecesse muito bem, certamente chamaria atenção de uma forma ruim. Eu não podia dar motivos para maus-tratos novos.

Era por isso que eu queria encontrá-la no caminho para a escola e entregar antes que fosse para a sala. Bem, no fim das contas, como a minha mãe havia adivinhado, eu pretendia ficar de tocaia para encontrar Hari Kuramoto. Eu já sabia em qual região ela morava e, como já tinha uma ideia do caminho que usava para ir e vir da escola, esperaria um pouco em um lugar em que certamente passaria.

"...Eu tô sendo nojento por ficar esperando?"

---

15. *Degrau da Entrada*: Em residências japonesas, é comum haver um desnível na entrada que separa o interior da residência do espaço no qual se tira os sapatos antes de entrar.

Estava no cruzamento entre a rua que seguia para a escola e a rua que seguia para a estação. Me sentei na defensa metálica, com a mão fazendo sombra sobre os olhos porque o sol da manhã estava ofuscante. Eu estava um pouco... mais do que um pouco preocupado.

"Ela não vai pensar alguma coisa como 'Esse babaca entendeu tudo errado só porque tomamos um oshiruko juntos?! Que nojo!'... vai?", comecei a mexer o traseiro para lá e para cá inquietamente.

Depois dos acontecimentos daquele sábado, havíamos formado um laço especial, ou era o que eu achava. Não devia ser uma pressuposição unilateral minha, não devia ter desaparecido só porque houve um domingo no meio do caminho. Era no que eu queria acreditar, mas... Aos poucos, começou a aumentar a quantidade de pessoas na rua com o uniforme da minha escola. O pessoal da classe reparou em mim e fez "E aí?", acenando.

— Não é sempre que você vem cedo. Bom dia!
— Beleza?
— Você não vai? Tá esperando o Gengo?
— Hm, então...
— Ah, já sei. Você tá esperando a menina do primeiro ano, a que sofre bullying.
— ... — Não pude retrucar. Como conseguiam chegar à resposta certa com tanta facilidade?
— Legal, boa sorte. Ai, ai, se tivesse um cara feito você no fundamental, as coisas teriam sido melhores. Bom, eu vou na frente! — disse sorrindo o sujeito que seguiu em frente. Eu acabei observando as costas dele por um tempo. A minha atitude era tão visível assim?

Dado momento, comecei a escutar "Bom dia!" e "E aííí?" vindo de vários lados. A cada vez que uma garota de cabelos compridos aparecia do outro lado da rua, eu ficava estranhamente ansioso e quase derrubava o pote de plástico com ohagi. No fim das contas, por mais que estivesse no terceiro ano do ensino médio, era só um indivíduo desacostumado com mulheres.

Capítulo 5

"Afff. Como eu sou ridículo."

— ...

"Meio que sou intenso demais com qualquer coisa, penso demais. Se ela fosse um homem, eu conseguiria agir normalmente. E é por isso que não sou popular. Quero dizer, não sou popular por causa da cara...?"

— ....

"Não, certo? Eu não sou tão feio assim, certo? Eu tenho uma cara bem parecida com a do pai, das fotos antigas. Pareço até uma cópia."

— ....

"Ou seja, já tá comprovado que uma cara desse nível consegue casar... Se bem que quem casou com ele foi a mãe. Não queria falar assim, mas, enfim..."

— ....a, ...ei......

"Hum?", senti ruídos ínfimos misturados ao ar com a parte de trás das orelhas. Me virei e...

— Uôu?!

...levei um susto. Hari estava parada logo atrás de mim. Por eu ter me esticado, o meu traseiro quase escorregou da defensa metálica. Hari, de repente muito perto, estava me fitando fixamente e mexendo a boca. Eu apurei os ouvidos às pressas.

— ......tá...... io. ......Não ficou... com um resfriado...? — Os canais entraram em sintonia.

— A-ah. Não fiquei com um resfriado. Mas desde quando você tá aí?! Levei o maior susto!

— ...Há? Hm...

Hari, com as pontas dos pés educadamente juntos, inclinou a cabeça como se fosse um bichinho desassossegado.

— E-eu estava falando com você... já faz um tempo... Ué? Que estranho... Você não me ouviu...?

— Não, não ouvi nada. Nadinha.

— ...Ou seja, eu estava falando sozinha por esse tempo todo...?
— É. Fala mais alto, por favor.
— Ah, sim... Então, lá vou eu de novo... Bo-bom dia, veterano.
— Bom dia. E...

Eu já tinha reparado que os ares de Hari de hoje estavam diferentes dos de antes. Acabei olhando-a atentamente, de cima a baixo. A primeira mudança em que reparei foi...

— O seu cabelo.
— ...Sim. Percebeu?

A garota, com mãos enluvadas, tocou um pouco constrangida na franja que estava diferente do usual, mas os cabelos não eram a única coisa diferente. Hari, nessa manhã, estava com ares estranhamente alegres. Estava brilhando bem forte, iluminada pelo sol matinal. Para onde tinha ido a garota sombria da semana passada, que parecia usar um véu de sombras escuras na cabeça? Hoje, estava com faces e testa brilhantes e cabelos sedosos e leve. A franja desenhava uma curva suave no entorno do rosto e escorria belamente até abaixo do peito. Tudo reluzia como se tivesse sido polido: as pontas unidas dos sapatos, os lábios encolhidos como se estivesse envergonhada, os cílios compridos e os dois olhos. Estava cintilando e brilhando. Acabei resfolegando de tão forte que era a luz que Hari emanava.

— Tentei, conforme a sua dica, deixar os cabelos leves... Só que não consegui direito, porque sou desajeitada...

— Não, ficou bom. Você conseguiu. Eu sabia, fica bem melhor! — exclamei sem vergonha nenhuma, dizendo só verdades, apontando para Hari. — Tá bonita!

— O-obri... Ah.

No momento seguinte, a voz de Hari foi enfraquecendo com um "Sssh", como se ar estivesse vazando. Suas faces ficaram rosas e ela as encobriu com as mãos.

— ...Obri...gada... — Terminou por baixar a cabeça profundamente.

Capítulo 5

— Tá curvada de novo. Eu já disse pra você não se encolher.
— ...Ah. É mesmo.
— Vai, fica reta!
— Reta!

Conforme o que repetiu, ela estufou o peito e esticou as costas. Bastou fazer isso para que, repentinamente, Hari se tornasse uma garota bonita. Seus cabelos eram bonitos e o seu rosto era bonito também. Graças à tiazinha da lavanderia, o uniforme que antes era todo amassado também estava bonito. As pregas da saia estavam bem marcadas e a meia-calça estava sem bolinhas. Diante dos meus olhos havia uma garota do primeiro ano do ensino médio tão bonita quanto qualquer outra, ou melhor, bem mais bonita do que o normal. E essa garota estava encarando feliz alguém como eu... Só podia ser um milagre.

— Mudando de assunto, veterano, por que está aqui? Não vai ficar com dor no bumbum de ficar sentado aí?
— Tô bem, porque deixei perpendicular em relação ao vão. "Cruzado!". Entende?
— É-é mesmo...?
— Eu tava esperando você, Hari.
— Há?
— Você gosta de ohagi? A tiazinha me deu ontem e disse que queria que você comesse também. Por isso eu trouxe.
— ...Ah, s-sim, eu gosto! Gosto muito!
— Ah, bem que eu tinha imaginado. Que bom, como eu esperava. Tó, come no almoço. Ela disse pra deixar em um lugar ventilado pra não estragar, porque foi feito em casa.
— Certo! Nossa, e agora? Estou tão feliz! Muito obrigada! Faz muito tempo que não como ohagi! Eu adoro!

Hari recebeu o pote educadamente, com as duas mãos, e ficou pulando discretamente com os joelhos, dizendo "Nossa! Nossa!". Pelo visto, estava feliz de verdade. Eu quis mostrar para a tiazinha como Hari estava saltitando alegre. "Tiazinha, ela tá feliz pra caramba".

— Agora, vamos.
— Há?! Para onde?!
— Ué, pra escola.
— ...É-é verdade, tinha esquecido. Quando eu pensei "É ohagi, é ohagi!", eu quase me esqueci de todo o resto...
— Você gosta tanto assim?
— Gosto tanto assim...
— Então o ohagi vai ficar feliz de ser comido por você. Vai pro paraíso sem problemas.
— ...Será que ohagis também morrem e têm alma?
— Acho que sim. Não tem aquela história de que existe alma em tudo?
— Então é uma união de almas de arroz de moti, de feijão azuki e de cana-de-açúcar.
— Ah, parecem bem fracos.
— Não, veterano. Eu acho que o arroz de moti deve ser forte. Porque é o ingrediente principal.
— Mas, no fim das contas, é só arroz de moti. Não tem tanta experiência feito o arroz normal.
— Mas arroz é arroz. Além do mais, ele venceria por aderência.
— Ah, aderência. É por causa da diferença no amido?
— Sim. Deve ter alma até no amido. Além disso, você não pode subestimar os grãos de feijão. Porque os nutrientes deles...

Estávamos andando e falando coisas sem importância quando uma garota passou por nós.

— Há? Kuramoto? — Ela se virou espantada.

Sua saia estava erguida até ficar curta e seus cabelos eram ondulados e curtos, com uma silhueta bonita. Parecia um pouco severa a primeiro ver, mas também era estilosa e bonita. Ela mexeu os olhos grandes, olhando para Hari e depois para mim.

— O cara do lado é o VetDes. Então... é mesmo a Kuramoto... mas tá meio diferente.

Capítulo 5

Eu percebi como Hari engoliu em seco, ficou com o corpo todo tenso e parou totalmente. A garota desconhecida veio se aproximando, com alguma coisa branca a mão. Eu também acabei ficando tenso, achando que ela faria alguma coisa com Hari, mas...

— Aqui.

O que foi estendido logo diante de Hari foi um estojo para óculos.

— Você usa nas aulas, de vez em quando. Vai precisar dele.

Hari continuava travada, sem conseguir se mover. A garota ficou impaciente e colocou o estojo sobre o pote que Hari segurava com as duas mãos como se fosse uma oferenda.

— Sabe no sábado? Eu tava com gente. No karaokê. Aí, foi umas sete horas. Ouvi um boato. De que trancaram você.

Ela tinha uma voz grave ligeiramente preguiçosa e falava de forma desinteressada e entrecortada. Eu conhecia uma pessoa que falava desse jeito despreocupado.

— Eu logo fui lá. Naquele banheiro. Mas não tinha ninguém. Só que achei isso daí.

— ... — Hari não reagiu e ficou calada.

— Eles são ridículos. Não tem graça. Nenhuma.

Pelo visto, essa garota tinha ouvido um boato de que Hari tinha sido trancada e foi ajudá-la, fiquei espantado. E Hari devia ter entendido a história, porque ergueu, temerosa, o olhar que antes estava nas mãos. Então esbugalhou os olhos, fitou a garota e ficou mexendo a boca. Não houve nem um pouco de voz e os olhos arregalados pareciam estar fuzilando a outra com o olhar. Parecia que estava murmurando terríveis maldições ou xingamentos, estava com o aspecto de uma pessoa hostil. Se eu não soubesse como ela era, certamente teria achado que o comportamento era esse.

— ...Bom, que seja. Eu sei que eu fui intrometida.

A garota só lançou um olhar descrente e fez menção de ir embora. Provavelmente um pouco magoada e totalmente enganada sobre Hari, por isso eu...

— Espera, por favor!

...acabei chamando a garota por trás. Ela se virou preguiçosamente e tive a impressão de que os seus olhos diziam "Ahn?! Que foi, VetDes?! Não enche o saco!".

— Desculpa, mas será que você pode esperar só um pouco? Ela quer falar uma coisa pra você. Hari, fala direito! Diz o que você tá pensando em uma frequência que pessoas ouvem, em um volume que dá pra ouvir! Tem hora em que você tem que falar não por você, mas pela outra pessoa! — Afobado, dei um tapa inconsciente nas costas de Hari, ela deu um pulo e...

— Ah! — exclamou forte.

Hari logo fechou a boca, espantada com o volume da própria voz, e baixou o rosto, mas depois o ergueu de novo. Deu trancos com o queixo algumas vezes, apertando com força o pote com ohagi diante do peito. Então finalmente...

— ...O...obri...gada...! — disse alto.

A garota ficou boquiaberta, fitando Hari. Pelo visto, tinha ficado muito surpresa por ela ter falado normalmente. "Vai, continua", mentalizei, "Boa. Ela tá te ouvindo".

— Vo-você... me salvou! Hm, de verdade. Hm... Obrigada, Ozaki!

— ...Quêêê? — A garota de cabelos curtos e ondulados piscou várias vezes e jogou a franja para trás. — Como assim? Você consegue falar desse jeito, Kuramoto?

Hari assentiu repetidamente.

— E-eu... sempre quis falar isso... Obrigada... e... desculpa...

Eu consegui saber como o olhar que fitava Hari ficou ligeiramente mais gentil.

— Aff, tá tudo bem.

— ...E-eu... achei que tinha perdido... os meus óculos... E não achei... que você e os seus amigos... tinham me procurado... Não tinha ideia.

Capítulo 5

— Mas, ei, por que é que você foi sozinha pra um ponto de encontro se sofre bullying? Você é burra?

— ...Co-como era sábado, eu achei que não ia ter ninguém...

— Na próxima vez, vai quando a gente tiver lá. Mas que bom. Você conseguiu escapar.

— ...O veterano me achou presa e me ajudou...

— Há?! Sééério?! Aliás, VetDeeees!

Fui abordado de repente e acabei soltando um "Ááán, ahaaam?" esquisito que lembrou um animal marinho. A garota virou os dedos indicadores para mim como se fossem duas armas.

— Caramba, hein?!

E atirou em mim com as duas, dando junto uma piscadela. Eu não entendi, o que era isso?

— ...Hááá? Você... tá me elogiando, eu acho?

— Hm.

— ...Pra constar, esse "Hm" foi um "Sim" ou "Aham"?

— Hm. Inclusive. A minha irmã.

— H-há? O que tem ela?

— Tá lá.

— Na minha turma?

— Hm.

— Sabia! Você é a irmã mais nova da Ozaki! Bem que eu tinha imaginado...!

— Hm. E ela disse.

— A sua irmã? Pra você?

— Hm. Disse esses dias.

— O que ela disse?

— Que vai me arrebentar. Se eu fizer coisas sem graça ou ridículas. Feito bullying.

— Ah, é...? Ela também tava preocupada, então.

— E disse que "Kiyosumi Hamada não é um desocupado". Disse que ele tá sendo incrível. Aliás, sabe esse caso do sábado?

Até que tem bastante gente. Que achou que foi passar dos limites. A gente não vai mais deixar. Que essas coisas aconteçam.

— É mesmo? Que bom… Mas espera aí! "Incrível"?! A Ozaki disse isso?! De mim?! Descreve mais um pouco como foi isso daí! Há?! Há?! Com que tom ela falou?! Com admiração?! Ou sonhadora?! Ou, quem sabe, sem conseguir esconder a inveja?!

— É só.

Girando nos calcanhares e deixando a saia sacudir, a irmã mais nova de Ozaki saiu correndo, mas se virou uma vez e falou "Até depois, Kuramoto!". Eu e Hari fomos deixados para trás na rua.

— …Nossa, as irmãs Ozaki são muito parecidas…! — acabei comentando sozinho, impressionado.

Os pais delas seriam daquele jeito, também? "Eu. Sou o pai. Eu. Sou a mãe. Eu. Sou a irmã mais velha. Eu. Sou a irmã mais nova. A gente é uma família. Sabe? Aliás, sabe aqui? É a Terra. E é só", seriam desse jeito? Parecia legal. Era um jeito simples de ser. Enquanto eu estava imaginando besteiras, Hari estava silenciosa.

— …

Com faces rosadas brilhantes e uma boca com um formato estranho, com o lábio superior um pouco sugado entre os dentes da frente, estava observando o outro lado da rua que seguia para a escola.

— Você tá feliz, né?

Quando eu disse isso, ela assentiu uma vez.

— …Veterano.

— O quê?

— Acho que é a primeira vez. Que não estou com medo de seguir esse caminho.

Hari me olhou de baixo com olhos brilhantes. Como se estivesse contando um segredo importante, falou suavemente:

— O óvni está no céu. E ainda vão acontecer várias outras coisas. Eu provavelmente vou ser maltratada hoje também. Mas, agora, estou pensando: "Fique me vendo". Estou pensando:

Capítulo 5

"Fique me vendo daí, do céu, porque eu vou mudar. Só fique vendo". — O rosto de Hari relaxou maciamente, apesar de bem pouco, em um sorriso. — E consigo pensar desse jeito porque você está aqui, veterano.

Tudo foi muito reluzente e fiquei sem conseguir enxergar o rosto de Hari direito. Sendo que eu queria continuar a ver por muito mais tempo a expressão gentil e suave e as bochechas que pareciam motis. Mas não consegui.

Hari estava brilhando forte demais, era uma garota realmente brilhante; preciosa a ponto de eu ficar com medo de ter contato, piscando translúcida com umidade. Tinha a impressão de que acabaria a maculando apenas por estar observando. Desde que havia a conhecido, Hari havia sido especial. E, agora, era muito especial.

— ...Hm, veterano? Você está me escutando?

Fiquei com vergonha de repente e precisei fazer esforço para assentir. Não consegui mais falar direito, nem mesmo bobeiras. Fui andando com ela pelo caminho para a escola enquanto falava desajeitadamente sobre a espiritualidade de arroz, grãos e cana-de-açúcar.

Achei que estava falando só coisas esquisitas e fui me odiando cada vez mais, porém Hari ouviu tudo que eu dizia com muita seriedade. Falei que feijão azuki parecia mais forte do que soja, que o açúcar provavelmente perdia um pouco do poder da alma ao ser processado. Eu mesmo fiquei pensando "Como assim? Do que você tá falando? Deixa de ser idiota". Fiquei com vontade de bater em mim mesmo, de me jogar no chão e espernear, grunhindo e gritando.

Ao mesmo tempo que queria chegar logo na escola, queria, com a mesma força, não chegar lá tão cedo. Queria que essa rua continuasse por mais tempo, para mais longe. Mas, obviamente, a distância não mudou independentemente do que eu achava.

Nos separamos diante da sapateira.

— Até. E lembra de deixar o ohagi em um lugar ventilado, no seu armário talvez.

— Sim, é o que vou fazer. Vou comer na hora do almoço, muito obrigada. Farei com que os espíritos que compõem o ohagi descansem em paz.

— Boa sorte.

Os sapatos de interior de Hari estavam guardados no lugar certo, parecia um sinal de boa sorte.

Ir para a escola juntos tinha sido um evento limitado ao dia de hoje? Eu fui para a minha sala sem conseguir fazer essa pergunta até o final.

— Bom dia… Mas o que é isso, Kiyosumi?

Assim que entrou na sala de aula, Tamaru espiou a minha cara antes mesmo de terminar de tirar o casaco.

— E aí? Bom dia.

— Mas que cara é essa? Que assustador.

Um diálogo semelhante ao da minha mãe e eu, de quando estava saindo de casa, começou na sala de aula, agora com os papéis invertidos.

— Não é nada.

— Isso não é cara de "nada". Você tá olhando pra… Plim, plim, detectando. Ai, Kiyozinho, você tá olhando pra senhorita Ozaki. Ah, mas por quê?

— Por que será, hein?

— Você tá olhando pra Ozaki e… Uééééé? Eu tô vendo, viu? Você tá com uma cara de superioridade, todo metido, como se ela fosse a sua garota ou alguma coisa assim… Não é? Como assim? O que foi, de repente?

— Huhu… Bem, você pode interpretar como quiser. Eu não vou dizer nada.

— Eeei, Ozaki! Parece que o Kiyosumi tá sendo folgado pra cima de você!

— Ahn?!

Capítulo 5

Ozaki se virou e me encarou com uma expressão demoníaca.

— O que é que foi, Hamada?!

— Não é nada, não, senhora, nada, eu sinto muito, dona Ozaki, não aconteceu nada... Tamaru!

Enquanto usava a metade esquerda do corpo para ficar me curvando e pedindo desculpas para Ozaki, usei a metade direita para dar uma cotovelada em Tamaru.

— É que você tá esquisito e não deu pra entender. Você tá muito estranho.

Em uma sala de aula cheia dessas, eu não conseguiria dizer "Parece que ela me chamou de 'incrível'!", nem mesmo para Tamaru.

*

— Parece que ela me chamou de "incrível"!

...Mas eu conseguia dizer o quanto quisesse fora da sala de aula. Até porque estava contando para Tamaru.

— Mentira!

No intervalo do almoço, nós dois estávamos com as nossas marmitas na área para comer da torre da biblioteca, perto da janela. Havia bastante luz solar nesse lugar, deixando-o quente como uma estufa: perfeito para tomar sol. Além disso, teríamos acesso a qualquer jornal; não que eu lesse algo além da seção de esportes. E, acima de tudo, havia um extra: tinha uma ótima visibilidade para a sala de aula do primeiro ano, que ficava no andar de baixo da construção em formato de "L" e estava diante de onde estávamos. Eu conseguia enxergar Hari sentada sozinha, em seu lugar perto da janela.

Nesse dia, não fui até a sala dela e pretendia ficar apenas observando secretamente, de longe. Eu achava, depois de ter visto de manhã que a irmã mais nova de Ozaki tinha uma postura amigável em relação à Hari, que as duas conseguiriam conversar melhor se eu não estivesse presente, que as coisas poderiam se desenrolar melhor desse jeito.

Eu imaginava que o mundo não fosse tão simples assim, mas quem sabe houvesse algumas coisas que eram, sim, simples.

— Mas a Ozaki, naquela hora, olhou pra você como se você fosse um verme!

— Ela deve ter ficado envergonhada.

— Nossa, como você é presunçoso…! Quero dizer, como é que isso foi acontecer, pra começo de conversa?!

— Parece que recebi o carimbo de "incrível" por eu ter me envolvido no caso de bullying do primeiro ano. Foi a irmã mais nova da Ozaki que me contou.

— Uaaau! Sério mesmo?! Há? Há? A irmã da Ozaki, por acaso…

— É bonita. Deve ter namorado.

— Aah… Deve mesmo, tem essa vibe.

— E a Hari Kuramoto também é bonita.

— Hmmm… É? Não sei.

Sentado na frente de Tamaru em uma janela projetada larga, com as costas apoiadas na esquadria, olhei para a sala de aula do primeiro ano pelo vidro. O raio de luz que me atingia nas faces e nos braços eram fortes e chegavam a ser quentes demais. Tamaru tinha um bolinho de arroz em uma mão e usava a outra mão com destreza para virar cartões de perguntas e respostas que usava para estudar. Estava com a expressão franzida por conta da luz.

Hari, no prédio do outro lado, olhava algumas vezes para a direção da porta, sem falar com ninguém como sempre. Esticava o pescoço e virava para lá e para cá, talvez estivesse me procurando. Senti um aperto no fundo do peito, mas, hoje, eu queria que ela se esforçasse, como estava fazendo.

— …A coordenadora deles não tá aparecendo pra ronda. Geralmente, nesse horário, aparecia pelo menos uma vez.

— Ela deve estar atarefada, porque tá chegando a prova de fim de período.

— Ah, é verdade. É mesmo… Será que a Hari vai ficar bem?

Capítulo 5

— Se você tá tão preocupado, devia ir dar uma olhada.
— Não. Hoje, eu pretendo ficar no modo "observar secretamente de longe".
— Até porque, na semana passada, você ficou o tempo todo no modo "espiando com tudo de perto".
— Nossa, virei um tarado de repente...
— E, brincadeiras à parte, não é como se você pudesse ficar envolvido nisso pra sempre. O período tá pra acabar e a gente não vai mais ter aulas do ensino médio. Depois vai ser férias de inverno e o vestibular.
— Uau, caramba.
— "Caramba" mesmo. Vamos ficar felizes ou tristes com os resultados do vestibular, vir pra escola vez ou outra e pronto. Vamos nos formar! E acabou! Por outro lado, aquela garota vai ter que continuar vivendo por mais dois anos inteiros em uma escola sem você.

Eu, obviamente, já sabia de tudo que Tamaru havia dito. O cronograma do dia a dia avançava e avançava sem parar, impiedosamente. Entretanto, quando era colocado assim, em palavras, senti de repente um grande peso na barriga.

— ...Comecei a ficar ansioso de repente. A respeito de tudo.
— Não adianta ficar ansioso agora, já é tarde. Ai, ai, tô perdido. Vou ser reprovado, certeza.
— Eu também. Não boto fé nenhuma.
— Se é pra ser reprovado, prefiro que seja com você. Quero dizer, isso é bem ruim, mas... sério mesmo que você não vai tentar nenhuma universidade de Tóquio? Vai, mesmo, tentar só aquela universidade pública?
— É o que eu pretendo fazer.
— Mas do que vai adiantar ficar aqui? Não vai ter trabalho e, se você vai depois pra Tóquio pra trabalhar, não precisa ficar se apegando a universidades daqui. Você vai ter muito mais opções.

— Eu pensei bastante sobre isso. Mas, no final, decidi que vou até o fim só com a minha primeira opção. A minha família só tem duas pessoas, mãe e filho.

— Mas a sua mãe é uma enfermeira que trabalha pra caramba. Ela, de verdade, recebe mais do que a maioria dos funcionários de empresa por aí. Não parece que tem problemas com dinheiro.

— Ela tá acabada com o trabalho duro de anos. E não é como se tivesse dinheiro sobrando também.

— Entendi... Bom, não que a gente vá mudar em alguma coisa só porque vamos pra escolas diferentes. Eu acho que vamos ficar comendo juntos desse jeito, matando o tempo, por toda a vida.

— Não é? Eu tenho essa impressão também. Não importa onde a gente esteja; no fim das contas, vamos, os dois, virar tiozões na mesma velocidade.

— Até que não é ruim um futuro de tiozões amigos. E aí, tiozão?

— E aí?

Tamaru, de repente, esticou o bolinho de arroz na minha direção. Eu o acompanhei, esticando um brócolis. Mas que brinde era esse? O que esses vestibulandos perigando reprovar estavam fazendo? Por um tempo, ficamos nos aquecendo com o sol e rindo despreocupados, mas...

— ...Ué? Quem são eles? — Reparei em como estava a sala de aula do primeiro ano e acabei grudando no vidro da janela.

Algumas pessoas estavam cercando a carteira de Hari. Eu conseguia saber, mesmo distante como estava, que não estavam em um clima tranquilo, dizendo "Uau, ohagis, parecem bons, me dá um pouco". As caras que fitavam Hari de cima tinham pregadas sorrisos desagradáveis de animais selvagens que agrediam os mais fracos em grupo.

— Não tá um clima ruim?

Tamaru se virou, viu o que estava acontecendo e fez menção de dizer mais alguma coisa para mim. E foi nessa hora que a carteira de Hari foi chutada para cima e o pote de plástico deu um pulo e virou. Quando ela se levantou, a cadeira também foi chutada e derrubada.

Capítulo 5

— ...!
Antes mesmo de pensar em qualquer coisa, me levantei num salto e saí correndo. Mas, quando fiz isso, a marmita comida pela metade rolou do meu colo e caiu. O resto de comida se espalhou pelo tapete no chão e fiquei afobado. "Droga!".
— Pode deixar! Vai! — disse Tamaru com força, apontando na direção da sala do primeiro ano. — Eu arrumo aqui! Vai rápido! Vai até ela, Kiyosumi!
— De-desculpa!
— Só vai!
Como se a voz dele tivesse empurrado as minhas costas, saí às pressas da torre da biblioteca e corri a toda velocidade pelos corredores. Desci as escadas de dois em dois degraus, cheguei à porta da classe de Hari, mas...
— Já tô de saco cheio disso!— Quem exclamou com intensidade não fui eu, foi a voz de uma garota que reverberou pelo lugar. — Sério! Sabe essa classe aqui?! Tá com um clima horrível! Mas que droga! E teve a coisa do sábado! O que foi aquilo?! — Era a irmã mais nova de Ozaki.
Em uma sala alvoroçada, a irmã de Ozaki estava com o rosto vermelho, discutindo com algumas pessoas. Atrás dela havia um grupo de garotas concordando, de braços cruzados e olhar afiado.
Hari estava no canto da sala, agachada sem forças. Aos pés dela, estavam espalhados os ohagis. Com as costas pequenas encolhidas e cabeça abaixada, estava tentando recolher os doces que claramente não poderiam mais ser comidos. Estava exatamente com a mesma postura de depois daquela reunião geral de segunda-feira.
Os outros alunos da turma estavam abalados perto da porta, formando uma parede de pessoas, ninguém tinha reparado na minha presença. Tentei me forçar para dentro, mas não havia espaço para eu enfiar o meu ombro. Estava me colocando nas pontas dos pés, impaciente, quando...

— Há? A gente só tá brincando. Deixa de ser séria. Que meeedo.

— Tá todo mundo rindo porque sabe que é uma brincadeira. Aliás, antes, vocês também riam junto com a gente, Ozaki.

— A gente tá cuidando da comédia daqui. Tá só dando um pouco de diversão pra essa classe com a popular Kuramoto.

— Inclusive, a maior sem noção de agora é você, Ozaki. A gente tava só zoando e você ficou furiosa de repente. Que maluca você é. Que medo.

— Isso daqui é um problema, não é? Um problema de bullying! A gente tá sendo maltratado pela Ozaki! Triste demais! Tô com medo! Buááá, tem uma tirana aqui!

— Espero que esse problema não chegue até a irmã de que você tanto gosta. Ela vai pra uma universidade superchique por indicação, não é? Mas a irmã mais nova dela pratica bullying. Tem o papel central em um caso de bullying. Será que ela vai ficar bem com alguém assim na família? Será que a indicação dela vai vingar?

Consegui ver, mesmo de onde eu estava, que a irmã de Ozaki ficou pálida por um momento. Eram moleques idiotas, um bando de moleques terrivelmente imaturos, sendo que só tinham dois anos de diferença em relação a mim. Eles, que não entendiam de nada, se aproveitavam do fato de que não entendiam de nada para ficarem rindo muito, muito entretidos.

— Aaah, tô com meeedo. Para de abusar da gente, dona Ozaaaki.

Se fazendo de bobos, cochicharam algo uns para os outros e concordaram com a cabeça com uma rapidez inquietante. Eu me enfiei entre os alunos do primeiro ano empurrando o cotovelo nas costas deles, avancei desesperadamente e só depois consegui exclamar "Hari!". Mas a minha voz foi apagada pelo alvoroço que preenchia a sala e não foi ouvida por ninguém. Um cara risonho pegou um dos ohagis caídos.

— É verdade, que meeeeedo! Para com o bullying, não vem pra cá!

Capítulo 5

Eu vi como ele, com gestos e expressão bobos, tomou impulso para jogar o ohagi na direção de Ozaki enquanto ela estava estacada de pé. Ao mesmo tempo, Hari...

— ....

Murmurou algo rapidamente e se levantou. Com os olhos muito pretos esbugalhados e faiscando, com um olhar intenso que parecia amaldiçoar tudo que existia no mundo, de súbito ergueu um dedo bem alto e apontou para cima.

Eu entendi, ela estava dizendo "Me observe" para o óvni nos céus dela. "Fique vendo. Eu vou mudar..."

— Vai, Míssil Patriota! Disparaaar!

O ohagi que foi jogado com uma gargalhada voou pelos ares em silêncio, tal qual aquele sapato de uns dias atrás. Então, um instante antes de atingir a cabeça da irmã de Ozaki, Hari deu um pulo para ficar no caminho.

"Plesh!", fez o ohagi ao acertar o ombro de Hari. Ela fechou os olhos no momento do impacto, mas logo se virou de frente para o sujeito. O uniforme que tinha ficado limpo recentemente ficou com uma mancha escura e doce, que foi caindo devagar.

— ...E...e...e...e-e-e...

Hari, depois de proteger quem havia a protegido, ficou zumbindo por alguns segundos feito uma cigarra à beira da morte, postada de pé com a roupa suja.

— Eu... não luto... por mim mesma...!

A sua voz, porém, dado momento ecoou pela sala com um significado.

— Consigo aguentar se for comigo! Mas...!

— Nossa, a Kuramoto tá falando japonês — alguém sussurrou.

— S-s-se é isso que vocês vão fazer... eu... não vou... perdoar!

Hari esticou as costas, olhou para a frente e gritou bem alto, com o final da frase desafinado. Mas, sem piedade...

— Cala a boca! E eu com isso?!

Os ohagis restantes foram jogados uns após os outros. Dois, três, quatro... E tinham sido todos. Sabia disso porque tinha sido eu quem colocou quatro no pote.

— Uuh...!

Senti Hari resfolegando logo atrás de mim.

— Ve...terano... — ela gemeu.

Eu me virei.

— ...Eu sinto muito por ter demorado.

Tentei, primeiramente, fazer pose como um herói. Mas não consegui enxergar nada por conta da pasta de feijão doce. Eu tinha corrido para defender Hari e bloqueado os três ohagis restantes usando, de todos os lugares possíveis, a cara. Sendo que pretendia usar as mãos para derrubá-los agilmente ou pegá-los para jogá-los de volta. Era uma pena.

— Mudando de assunto... Isso daqui dói mais do que eu esperava! Caramba, como ohagi é duro...!

Usei os dedos para tirar a pasta de feijão grudenta do rosto. Antes de mais nada, queria limpar as pálpebras para conseguir abrir os olhos. Depois disso, eu finalmente vi Hari me espiando, dizendo "Veterano!" com uma voz chorosa. Ela, com mãos em garra, tirou a pasta da minha cara.

— Vo-você está bem?! Escutei um barulho bem alto! Um barulho que nem pareceu ser de ohagi! E por que usou justo a cara?!

— Foi de propósito. Pode não parecer, mas a cara consegue amortecer bem o impacto.

— É mesmo?!

— Bom, isso daqui não foi nada. Coisinhas dessas acontecem todo dia comigo.

— Todo dia?!

— Aham, quase todo dia. Que nem apanhar na cabeça com yokan. Ser estrangulado com gyuhi. E tem vez que é daifuku[16]...

---

16. *Yohan, Gyuhi e Daifuku*: São sobremesas e doces. O primeiro é um sobremesa gelatinosa feita de feijão azuki, vendida em blocos e comida em fatias; o segundo, um doce tradicional japonês fino e leve feito de arroz glutinoso; e o terceiro, um bolinho de arroz glutinoso recheado com pasta de feijão doce e morango.

Capítulo 5

— Da-daifuku?!
— É. Tenho os dedos quebrados com ele...
— O quê?! Mas como?! Não é macio demais?!
— Não leva a história a sério!

Era mentira, claro. Que cotidiano seria esse? Eu não tinha feito nada para doces japoneses tradicionais. Ser atingido na cara por ohagis era uma experiência inédita espantosa, e bem mais dolorosa do que parecia. Eu tinha sido acertado perfeitamente no meio do nariz, na parte mais alta. Houve um impacto certeiro pesado. As almas de seus componentes não eram nada fracas.

— Igh...!

Hari, olhando para mim, subitamente cobriu a boca com as mãos e se inclinou para trás.

— Ve-veterano... Hm, te-temos um problema...!
— É, eu notei que tem um probleminha! Porque eu tô com três ohagis na cara em tempo presente! E o seu uniforme também tá péssimo. Ai, ai, bem agora que tinha ficado limpo...
— Não é hora de se preocupar com o meu uniforme... Veterano, não sei como te dizer, mas o seu nariz...
— Há?
— Está sangrando...

Me espantei e toquei embaixo do meu nariz. Realmente, grudou líquido vermelho nas pontas dos meus dedos.

— Agh?! Sério?!
— Ritual de Sangue do VetDes! — alguém exclamou feliz de repente, me fazendo lançar um olhar agressivo.

Por algum motivo, a resposta foi uma continência, o que não era engraçado e, acima de tudo...

— Tem como um ser humano sangrar com ohagi?! — Repentinamente, me senti ridículo a ponto de querer chorar.

— O desocupado! Tá machucado! — disse a irmã de Ozaki, de um jeito meio ritmado, e me entregou um lencinho.

Mas o que eu poderia fazer com um lencinho se estava derramando sangue do nariz ao mesmo tempo que tinha uma camada grossa e pesada de restos de ohagi na cara? Além do mais, o lencinho estava amassado em uma bolinha.

— Me dá mais! Inclusive, se você tá com lencinhos, me dá o pacote todo!

— Não! Não tenho!

— Então de onde veio isso daqui?!

— Do bolso!

— É usado?!

— Hm!

— Aaagh, tem chiclete mastigado do lado de dentro... Por que você me deu isso?!

— Há? Por sentimento?

Com cara confiante, ela deu tapinhas no próprio peito. "Vish. Não entendo essas jovens de hoje em dia". Foi nessa hora que vi Tamaru entrando na sala de aula, por algum motivo trazendo a professora coordenadora da nossa turma. Vi de trás de pasta de feijão, a coordenadora olhou para mim e ergueu as sobrancelhas estupefata. Vi isso, mais uma vez, de trás de pasta de feijão.

— Há? Hamada? Você tá engraçado...

— Não, isso não é engraçado...

A começar pela irmã mais nova de Ozaki e as garotas que pareciam ser suas amigas, alunos cercaram a professora e começaram a fazer alarde:

— Foram eles! Com os ohagis!

— Os ohagis da Kuramoto!

— Os ohagis na Ozaki!

— O ohagi foi na Kuramoto!

— Os ohagis no VetDes!

— Os ohagis no nariz sangrando!

— Sangue no ohagi!

Capítulo 5

— Espera aí, de onde vieram os ohagis? E o que é "VetDes"? — disse a coordenadora, que não estava entendendo nada.

Tamaru chegou correndo e exclamou ao olhar para a minha cara.

— Ai, não, Kiyozinho! Por que a sua cara virou um moti cheio de pasta de feijão doce?! Como você é rebelde... Mas o quê?! Agh! Seu nariz tá sangrando! Você ficou excitado com alguma coisa?! Com o quê?! Seu tarado...!

— Pa-para com isso! Será que alguém pode me levar de uma vez pra enfermaria?! O doce tá ficando com um gosto ruim de sal e ferro!

*

Na enfermaria, lavei o rosto, colocaram tampões no meu nariz e foi decidido que eu descansaria um pouco na cama. O sangramento no nariz causado por ohagis não tinha sido nada de mais. Quando eu estava enxugando o rosto, já tinha parado e a verdade era que mal precisava ter colocado tampões. Toquei na ponte do nariz e, agora, não estava mais doendo. Talvez a membrana mucosa do meu nariz estivesse danificada desde o começo, devido à secura do inverno. Era por isso que tinha sangrado com tanta facilidade, mesmo com um impacto daquele nível.

O intervalo do almoço já tinha acabado fazia tempo, a escola estava silenciosa. Pela janela voltada para o campo esportivo, eu escutei, ao longe, exclamações da aula de educação física.

A cama da enfermaria era confortável demais, o lençol era sedoso e o colchão era macio. Se ignorasse o cheiro de antisséptico, era a cama mais confortável em que eu já tinha deitado. Até que seria prazeroso matar a aula tediosa de Língua Japonesa, já que, nesse dia, tinha acordado mais cedo do que o normal. Os meus olhos foram fechando naturalmente enquanto estava distraído, fiquei sonolento. O responsável pela enfermaria tinha ido entregar o meu aviso de ausência na sala dos professores e ainda não tinha voltado.

"O que será que aconteceu com a Hari...?"

A coordenadora da turma de Hari apareceu na sala de aula apenas após a confusão dos ohagis. Aparentemente, a reunião em que estava tinha tomado mais tempo do que o esperado. Como, na hora em que ela chegou, eu tinha ido para a enfermaria trazido por Tamaru, não sabia o que tinha acontecido na classe mais tarde.

Hari teria conseguido explicar o que tinha acontecido? Os idiotas infantis e ardilosos não teriam dado uma explicação que a prejudicava? Eu achava que ficaria tudo bem, já que havia muitas testemunhas, como a irmã de Ozaki e muitos outros. Mas teria sido melhor se tivesse permanecido na sala de aula? Com a aparência intensa demais de máscara de sangue e pasta de feijão? Metade do meu cérebro estava caindo no sono e a outra metade não parava de pensar. Então...

— ...Veterano.

...escutei a voz de Hari. Ou tive essa impressão. "Ah!", eu fiz, acordando de repente. Quando abri os olhos, ela realmente estava olhando para mim do outro lado de uma cortina branca meio aberta.

— Hm... o sangramento parou?

Os tampões ridículos demais continuavam nas minhas narinas. Eu os tirei afobadamente e os escondi dentro da mão.

— Faz tempo. Não foi nada.

— É mesmo? Que bom...

— Eu quero saber é como ficou o seu uniforme. Tinha ficado bem grudento.

— A professora me ajudou a tirar o doce. Ficou limpo, está tudo bem.

Apesar de ter dito que estava tudo bem...

— Você tá com uma cara superdeprimida.

Hari abaixou um pouco a cabeça e franziu o cenho.

— ...Eu não pude... comer os ohagis... — falou muito entristecida. Estava com uma cara que devia ser a definição de "expressão pesarosa", e o desânimo acabou me fazendo soltar uma pequena risada.

Capítulo 5

— Você não precisa ficar tão triste com isso.

Hari ergueu o rosto rapidamente, cerrou as mãos dentro das mangas esticadas da blusa e as sacudiu em movimentos curtos diante do peito.

— Foi um desperdício do que você fez!

— Mas não fui eu que fiz.

— Ah! É-é verdade... Foi um desperdício do que a senhora da lavanderia fez!

— É, foi uma pena. Eu vi quando o pote virou, devia ter ficado com você, desculpa.

— ...Não é culpa sua, veterano.

— É verdade. — Apontei o dedo indicador para o teto, ainda deitado na cama. — É culpa do óvni.

Hari, me olhando, piscou devagar e depois relaxou os ombros. Assentiu discretamente e sibilou "É que eu estava tão ansiosa...", como se fosse uma criança emburrada. Devia estar realmente decepcionada, estava com as bochechas um pouquinho estufadas.

— Ela vai fazer de novo. E aí eu trago de novo. Aliás...

O que me preocupava de verdade não eram os ohagis, era algo mais abrangente. Os assuntos relacionados ao óvni, entre eles, havia a questão familiar de Hari.

— Vão falar com o seu pai sobre o que aconteceu?

Hari sacudiu a cabeça para os lados. Com veemência, como se estivesse dizendo "Não, de jeito nenhum".

— E você, veterano? Não precisa avisar as pessoas da sua casa? Você se machucou.

— Isso daqui não chega a ser um machucado. Até a coordenadora tava gargalhando e dizendo "Sangrou por causa de ohagi?!". Se eu contar pra minha mãe, ela vai gargalhar também.

Eu não completei "Além disso, não quero causar preocupações desnecessárias, assim como você". Falando nisso, Hari não havia feito nenhuma pergunta sobre a minha família. Talvez ela também tivesse uma antena que identificava seus semelhantes, talvez já suspeitasse que eu também só tinha um dos pais. Mas, se essa solidão viraria um laço entre nós, eu estava tendo sorte. Tive essa ideia ingênua e idiota, porém depois eu pensei "Só que…". Nosso sentimento era igual no quesito de não querer causar preocupações, mas, enquanto a preocupação em relação a mim seria desnecessária, não seria a em relação a Hari uma necessária?

Justamente por entender como a garota se sentia, eu queria fazer tudo por ela. Quando estava molhada e não podia voltar para casa, dei um jeito de secá-la. Mas essa situação não poderia continuar assim; o pai de Hari tinha o direito de ficar preocupado com ela. Aliás, tinha o dever de ficar porque era um pai. Havia momentos em que adultos precisavam aparecer como um mediador do mundo das crianças.

— …Será que não é melhor você contar direito?

— Sobre o quê?

— Como assim "o quê"? Sobre o bullying, lógico. Eu sei que você não quer deixar o seu pai preocupado, mas vai ser tarde demais se você ficar esperando alguma coisa grave acontecer. Você precisa compartilhar as informações com a sua família e com a escola.

— Alguma. Coisa. Grave — Hari repetiu discretamente, como se estivesse confirmando a pronúncia de palavras estrangeiras que ouvia pela primeira vez. Então, sem forças, falou baixo: — Vai ser muito mais grave se eu contar. Tenho certeza.

— E a sua coordenadora disse que pode ser assim?

— Parece que a professora quer conversar com o meu pai. Mas eu disse para ela que não queria que fizessem caso disso e que queria me esforçar mais um pouco. Disse que você está me ajudando e que talvez a Ozaki e as outras vão passar a ficar do meu lado. Que, agora, a situação está mudando. E aí a professora concordou.

— Bom, eu concordo que a situação tá mudando mesmo.

— E não é como se eu tivesse apanhado. Na prática, nunca me machuquei. Se o problema se resolver do jeito que está, vai ser melhor.

Capítulo 5

Nessa hora, senti algo estranho. "Ué?", pensei, com um ponto de interrogação na mente.

— ...E o caso de sábado, quando você ficou presa?

Apesar de ter dito isso, pensei "Não, não é essa a questão. Não é esse assunto", mas o que seria?

— Aquilo foi um problema, é verdade, mas não acho que vá acontecer outra vez. Eu vou tomar cuidado. Como me tratam como se fosse uma bactéria, nunca fui agredida diretamente. De verdade, parece que tem uma regra entre eles de que não podem me tocar porque sou suja. Na vez do banheiro, fui empurrada com bolsas.

O olhar translúcido de Hari me impediu de pensar, os olhos estavam tremulando perigosamente. Enquanto estava a fitando com atenção, a minha cabeça ficou cheia só com a garota adiante. O que Hari estava vendo? No que estava pensando? Eu virei uma criatura que só queria saber disso. O que era a coisa que estava para aflorar dos grandes olhos agora mesmo?

— Hari, hm...

— Sim?

— ...Errr...

Eu perdi as palavras que estava para dizer com muita facilidade, sendo que o nosso tempo era limitado. Era uma pena preenchê-lo com silêncio, um desperdício muito grande.

— ...

Os segundos, os instantes, foram se passando sem parar enquanto eu continuava sem conseguir dizer nada. Escorriam para algum lugar e desapareciam.

— ...É de ohagi que você mais gosta? Entre as coisas doces?

Eu quis dar algum significado no nosso momento, que estava ficando cada vez mais transparente, e me obriguei a dizer algo, qualquer coisa. Só queria tornar a transparência algo com sentido.

— ...Hmmm... Não sei. Fico em dúvida se é o que mais gosto. Eu gosto de todos os tipos de doces.

— Prefere doces tradicionais em vez dos ocidentais?
— Sim, gosto de doces japoneses.
— Com pasta de feijão e essas coisas?
— Sim, gosto de pasta de feijão. E também gosto de moti.
— Então você deve gostar de daifuku, certeza.
— Ah, gosto de daifuku. Adoro.

As palavras foram preenchendo a transparência entre nós gradualmente. Como se fossem peças de um quebra-cabeça, foram se encaixando. Nós capturamos à força o momento que queria escorrer e se tornar nada, para apertá-lo até tomar forma. Nós dois, assim.

— E as variedades de daifuku, feito o de grãos e o de sal?
— Sim, eu gosto deles!
— E anpan[17]?
— Eu gosto! Ele não tem defeito nenhum!
— Gosta das variedades de pasta de feijão doce? Os brancos? Tem uns verdes, não tem? É edamame[18]? Gosta desses também?
— Sim! Eu gosto!

Eu queria continuar citando coisas de que Hari devia gostar. Queria me recordar de todas as coisas doces que existiam no mundo. Queria continuar conversando com ela, queria falar de qualquer coisa para estar junto dela, para que ficássemos juntos o máximo possível. Queria ficar ali, permanecer ali. Por esses simples motivos, eu fiquei buscando mentalmente o nome de doces de que Hari devia gostar pelo tempo todo. Ela continuou respondendo que gostava deles. "Continua encaixando as peças. Continua. Zenzai. Mitsumame. Anmitsu. Háááá... taiyaki. Dorayaki[19]. E também...".

---

17. *Anpan*: Pão doce com recheio de pasta de feijão doce.
18. *Edamame*: Nome dado à soja que é colhida ainda verde e cozida ainda na vagem.
19. *Zenzai, Mitsumame, Anmitsu, Taiyaki e Dorayaki*: São sobremesas e doces tradicionais japoneses. Respectivamente, um caldo de feijão doce; sobremesa que combina cubos de ágar e frutas variadas; cubos de geleia de ágar-ágar e algas, com pasta de feijão doce; panqueca doce com formato de peixe e recheio de pasta de feijão doce; e duas panquecas doces com pasta de feijão doce entre elas.

Capítulo 5

— Hm. Veterano. Há... Hm, eu... go-...
— "Go"?
"...Gorgonzola? Não é doce. Gouda? Não é doce. Go... go... goteira? Não é doce e nem é de comer."
— Gosto...
"Vrash!", fez a porta quando o professor da enfermaria voltou.
— Deaaagh!
Hari soltou um grito estranho e começou imediatamente a fazer agachamentos rápidos onde estava. Até eu fiquei espantado.
— O-o que aconteceu? — disse o professor, olhando espantado para Hari.
O rosto dela estava muito vermelho e o seu comportamento estava claramente estranho, mas algo me veio em mente de qualquer jeito:
— Ah. É "gomadango[20]"?
"D-d-d-dum!", eu quase ouvi quando Hari assentiu várias vezes fortemente, como se estivesse atirando com uma metralhadora.
— Isso! Gomadango! Eu gosto de gomadango! É! Até que eu gosto! Gosto bem!
— Ei, você vai machucar os joelhos.
Ela parou de repente e, no mesmo impulso...
— Bem, estou indo! Vou voltar para a sala! Po-po-porque tenho aula!
Hari girou nos calcanhares e saiu da enfermaria. Os passos foram se afastando no corredor em velocidade de corrida.
— ...Ela... estava fazendo agachamento.
— Estava.
— Mudando de assunto, até quando vai ficar aqui, Hamada? Seu nariz já parou de sangrar e você me parece bem.
— Ah, só um pouquinho mais...
Já que eu estava ali, pretendia dormir até o fim da quinta aula, porém, depois de um tempo, uma garota que havia desmaiado por

---

20. *Gomadango*: Bolinhos doces de arroz glutinoso cobertos de gergelim.

pressão baixa apareceu na enfermaria sendo sustentada por debaixo dos braços. Havia duas camas, mas a garota parecia estar passando muito mal e estava dizendo coisas inquietantes como "Acho que vou vomitar". Fiquei incomodado estando logo ao lado disso e, depois de dizer apenas "Estou indo" para o professor, que estava com a garota, eu deixei a enfermaria. No final, acabei saindo de lá.

Fui andando o mais devagar possível pelos corredores cujo único som eram as aulas. A aula de Língua Japonesa ainda não teria terminado. Hari devia ter passado por esse corredor ao voltar para a sala de aula. Inconscientemente, comecei a imaginá-la, cabelos sacudindo, a barra da saia, meia-calça e sapatos da escola, as costas delicadas de Hari... As costas.

— ...

Resfoleguei com o ar gelado, Finalmente entendi o que tinha achado estranho antes. "Além disso, estava com vários hematomas nos braços, nas pernas e nas costas. A garotada de hoje é tão cruel", era o que tinha dito a tiazinha da lavanderia para a minha mãe, no dia anterior. Devia ter visto quando havia feito Hari se trocar. E eu, obviamente, não tinha deixado isso passar despercebido. Pensei "Que crueldade, é imperdoável" e tinha jurado para mim mesmo, ainda mais forte, que precisava proteger Hari.

Mas Hari havia dito que não era agredida, porque era tratada como uma bactéria. Eu achava que ela estava, sim, sendo agredida. Ser atingida por lixo em que estava escrito "Se mata", ser encharcada, ser presa, ter carteira e cadeira viradas... E também o que tinha acontecido pouco tempo atrás, de ter os ohagis derrubados. Tudo aquilo era agressão.

Mas, por outro lado, era verdade que evitavam atacá-la diretamente, de uma forma que fosse deixar marcas no corpo. Eu tinha sangrado pelo nariz quando fui atingido na cara por ohagis, mas foi porque tinha me jogado bastante para a frente, a fim de proteger Hari. Uma distância inesperada para aqueles alunos. Se tivesse atingido a irmã de Ozaki ou Hari, teria apenas sujado seus cabelos ou uniformes. Quem sabe tivessem uma regra de não deixar evidências físicas... Se sim, seria de uma sagacidade assustadora. Não era essa a questão sobre a qual eu deveria refletir, entretanto.

"Se os hematomas não são por causa do bullying, quem foi que...?", senti uma sombra recaindo sobre a minha cabeça, o chão sob os meus pés sendo engolido por trevas escuras. Eu quis confirmar com os meus próprios olhos a identidade da pressão avassaladora e acabei olhando para cima. Mas, obviamente, só vi o conhecido teto da escola. Havia lâmpadas fluorescentes dispostas em distâncias iguais até o final do corredor e também uma luz de emergência verde. Mas havia ali... "Um óvni."

A presença que senti era aterradoramente gigante, um medo inexplicável veio à tona e, por um instante, minhas pernas ficaram congeladas. A minha nuca enrijeceu e tremeu de tensão. A totalidade do que eu estava para fazer, do significado disso, quase ficou visível, mas desapareceu. O óvni invisível continuava no céu de Hari, apenas a sua sombra tinha vindo me ver. Eu havia prometido derrubá-lo. Sem nem saber seu tamanho, o meu poder e o meu limite. Sem saber nada, eu tinha dito que viraria um herói.

Hari confiava em alguém como eu. Ela acreditava que eu era um verdadeiro herói.

6

Pelo visto, depois das aulas, a turma de Hari teria uma reunião de encerramento longa de participação obrigatória. A professora coordenadora tinha ficado sabendo não apenas do caso do dia, em que ohagis haviam voado pelos ares, mas também do caso no sábado, do banheiro. Então, devido ao que já havia acontecido até agora, o bullying cometido com Hari havia deixado de ser um "problema pessoal" e sido promovido para um "problema de toda a classe".

Com antecedência a isso, eu recebi um pedido de desculpas de um aluno do primeiro ano, na sala dos professores. Me disseram que era o culpado direto dos ohagis jogados.

— Realmente sinto muito. Eu estava só brincando, mas passei dos limites.

Ele fez uma reverência profunda, mas não senti absolutamente nada, de uma forma que espantou a mim mesmo. Eu sabia que ele devia estar sendo debochado mentalmente, pensando algo como "Aff, que saco". Acima de tudo, esse cara quase não tinha relação comigo. Só tínhamos nos deparado por acaso, por azar. Mas, fosse como fosse, os professores, incluindo a coordenadora da minha turma, estavam nos observando com expressões severas. Como senti o clima, fiz cara de veterano e…

— Você não pode fazer coisas que ferem os outros, tá? Não vai ser bom pra você mesmo. E também vá pedir desculpas sobre o que aconteceu hoje pra Kuramoto e pra Ozaki — falei como se entendesse dessas coisas.

O aluno do primeiro ano, com uma expressão muito séria, disse "Certo" e assentiu. E foi assim que o "caso de sangramento por ohagi" chegou ao fim. Exalei ao máximo ares de que tinha aceitado o desfecho e, depois de fazer uma reverência, saí da sala dos professores.

Fiquei esperando por um tempo no canto do corredor até o aluno do primeiro ano sair também. Quando me aproximei, ele travou espantado. Queria perguntar uma coisa, já que estávamos ali.

— Deixa eu perguntar: por que é que você faz aquelas "brincadeiras" com a Hari Kuramoto?

— Há...? É que... tem um clima assim na sala...

— E o que foi que criou esse clima?

O aluno do primeiro ano disse várias coisas que soavam como justificativas: que não era por maldade, que Hari era diferente, que estava chamando a atenção com roupas e atitudes esquisitas, que não desgostou quando foi zombada, que foi piorando porque ela não resistia e mais outras.

— Mas é verdade que, agora, eu acho que fui errado. Nunca mais vou zoar ela. Por isso, hm, preciso voltar pra sala...

— Vai logo — permiti, acenando com o queixo, e ele subiu as escadas correndo como que em uma fuga.

Eu prendi os botões do casaco, ajeitei o cachecol no pescoço e fui sozinho pelos corredores até a sapateira. Como toda a turma de Hari ficaria até mais tarde na escola, eu não precisaria procurar por sapatos hoje.

Saí da escola e, sob céus de inverno escuros, tomei o caminho para casa tremendo com o vento. Fui obrigado a entender: no final das contas, eu era só um terceiro no caso do bullying. Coisas como "Preciso punir os culpados, educá-los e consertar sua atitude para que os alunos mais novos aproveitem melhor a vida escolar!"...

não interessavam nem um pouco. Depois de eu me formar, daria adeus a essa escola. Não me interessava como todos ficariam.

Obviamente, eu desejava uma solução definitiva para o bullying que acontecia com Hari. Queria que a sua vida escolar, que continuaria dali em diante, fosse pacífica. Mas não pretendia lidar com seriedade com os culpados que vestiam o mesmo uniforme que ela. Não os entendia nem achava que precisava entendê-los. Não era trabalho do "veterano desocupado" ficar refletindo sobre eles, era trabalho de pais ou professores. Eu só queria proteger Hari, só me importava com Hari.

No começo, não era assim. Naquela segunda-feira, eu não tinha conseguido ignorar o bullying que tinha visto. Naquela hora, simplesmente não consegui perdoar o bullying em si. Mesmo que não tivesse sido com Hari, eu teria interrompido os alunos do primeiro ano. Teria, em alguns intervalos para o almoço, ido ver como estavam, ficado preocupado, sentido pena e pesar e tentado proteger a pessoa dos ataques. Talvez tivesse até ido ver como estavam seus sapatos de interior todos os dias, procurando-os e juntando-os. Talvez tivesse corrido até um banheiro na periferia da cidade se reparasse como poderia estar presa. Eu teria feito a mesma coisa por mais que não fosse ela.

Mas tinha sido Hari. Por ter sido ela, nossas frequências haviam entrado em sintonia. Por ter sido Hari, um canal havia se aberto entre nós. Não interessava se era coincidência, se tinha sido inevitável ou se era o destino. Poderia até ser um mal-entendido. O que interessava era que tínhamos nos conectado, ela havia se tornado especial para mim.

Se Hari fosse apenas solitária, se não estivesse sob ataques de bullying, eu não teria prestado especial atenção nela. Estava tudo bem ser solitário, porque só era possível reparar em como a luz era brilhante depois de ficar quieto em trevas e se arrastar para fora delas.

Capítulo 6

Quando Hari esticou a mão daquele depósito do banheiro, quando me entregou a chave, provavelmente tinha decidido se arrastar para fora do buraco escuro e frio de solidão. Tinha confiado em mim e me entregado o peso da solidão de até então. Ou, pelo menos, era o que havia parecido para mim. Eu, enquanto pegava a chave estendida, quis, na verdade, pegar a mão dela. Queria puxá-la para ajudá-la a sair de onde estava.

Hari havia acabado de se arrastar para fora e tudo no mundo devia parecer ofuscante aos seus olhos. E a minha imagem estava em meio a essa luz. Tudo estava reluzindo e os contornos estavam embaçados, como se houvesse um halo branco. Provavelmente não estava, ainda, conseguindo enxergar tudo corretamente. Hari não estava conseguindo ver como eu realmente era.

Lá na enfermaria, era óbvio que eu tinha entendido o sentimento que Hari estava se esforçando para me contar. Não deixaria palavras dela passarem despercebidas. Ela gostava de mim e queria me contar. Mas eu fingi não notar a peça que Hari estava tentando encaixar e a derrubei. Uma água de emoções começou a aflorar do espaço que ficou aberto. Ela me molhou e me levou em sua correnteza.

"…Desculpa. Eu te magoei, não é?" As faces muito vermelhas, as mãos cerradas e o agachamento inexplicável. Os passos se afastando… "Ai, ai", eu pensei enquanto fungava o nariz. O meu nariz não parava de escorrer por conta do frio.

Eu era um idiota. Um nó que estava muito duro e que eu não parava de puxar tinha se desfeito com facilidade de repente e tinha me apaixonado por Hari. Sendo que tinha tomado cuidado para não tomar consciência disso. Eu tinha tentado não o encarar.

No caminho de volta de fim de tarde, eu senti como se tivesse caído em um buraco sozinho. Sentimentos do tipo "para sempre" ou "mais" deixaram o buraco ainda mais fundo.

Um dia, quando os olhos de Hari se acostumassem com a luz, ela veria como eu era pela primeira vez. Seria apenas um homem pequenino e sem graça, uma pessoa impotente. E então repararia: Kiyosumi Hamada não era tão maravilhoso ou especial quanto tinha achado. O mundo dela não tinha sido mudado por mim, era a visão dela que havia mudado.

Quando a máscara falsa caísse, eu não poderia mais ser um herói. O meu tempo como herói devia ser curto. Eu precisava me transformar logo e aproveitar ao máximo esse tempo.

Movi as pernas mecanicamente, enfiei as mãos no bolso e encolhi os ombros com o frio. Um cara da minha turma, enquanto me ultrapassava de bicicleta, acenou e disse:

— E aí, Kiyosumi? Voltando pra casa?

— Aham. Até amanhã! — respondi sorrindo.

"Adeus, todo mundo. Até amanhã. Vamos nos ver de novo, se o mundo não tiver acabado até lá. Espero que a gente se encontre". Eu sorri, acreditando que iríamos nos encontrar. "Adeus". Tudo bem, que fosse assim.

Eu queria que a garota de que eu gostava vivesse na luz, que ficasse sorrindo feliz. E eu não precisava estar do seu lado. Mesmo que eu acabasse descobrindo uma nova solidão, conseguiria pensar nela como um novo tesouro. Não me importava de sumir do mundo da garota. Não me importava de ela não me enxergar mais; se estivesse sorrindo, tudo que foi feito para isso seria um tesouro meu.

Eu parei no sinal vermelho e vários carros passaram em alta velocidade diante dos meus olhos. Estavam em uma velocidade que me mataria com facilidade se eu me distraísse e desse um passo. Enquanto esperava o sinal mudar, olhei para as trevas negras se aproximando do outro lado das montanhas enfileiradas ao longe. O frio se tornou solidão de uma só vez e sufocou o meu peito. A noite estava chegando.

"Vai estar um breu na hora de Hari ir embora. Será que ela vai ficar bem?"

Imaginei Hari andando sozinha por esse caminho quando estivesse escuro. E reparei em como sempre a imaginava de costas.

Capítulo 6

Parando para pensar, ela sempre se virava e ia embora na frente. Era Hari quem ia embora e sumia de vista.

Mas, antes disso, eu precisava fazer uma coisa. Precisava, primeiramente, mudar os meus olhos. Eu queria ver o óvni dos céus de Hari, que não poderia ser visto com os olhos de agora. Queria derrubar aquela coisa gigantesca e escura que projetava uma sombra no caminho dela.

A verdade era que eu já tinha um leve pressentimento em algum lugar da mente. A identidade daquilo que Hari chamava de "óvni" estava ficando com um contorno mais nítido, e não era o bullying em si. Era algo que prendia Hari e a obrigava a ser uma criança que não podia dizer nada quando sofria bullying, algo que tirava sua liberdade e não a deixava escapar, que lhe tirava até as forças para chamar ajuda, independentemente do que fizessem com ela.

Ou seja, devia ser… Não. Ainda não tinha nem um pouco de certeza e, se o meu pressentimento estivesse correto, seria terrível. Agora, não deveria nem transformar isso em palavras. Eu precisava identificar várias mentiras e justificativas para confirmar a forma que isso tinha. Se não visse como era o inimigo, não poderia derrubá-lo.

"Mas como é que eu confirmo?"

O sinal mudou. Respirando com tensão, fui refletindo enquanto seguia sozinho por um caminho que havia se tornado seguro somente para mim.

*

Os dias foram se passando pacificamente, a princípio. Um exemplo prático disso era que, desde a conversa que tiveram depois das aulas, os sapatos da escola de Hari não tinham ficado jogados nenhuma vez. Teriam os culpados do bullying se arrependido de verdade? Ou tinham apenas parado de chamar a atenção temporariamente porque a professora coordenadora estava enchendo o saco e continuavam debochados por dentro, mostrando a língua? Ou, quem sabe, simplesmente tinham se recordado de que as provas de fim de período estavam chegando e que tinham coisas mais importantes para fazer do que implicarem com os outros.

Eu não sabia dizer o que tinha acontecido, mas sabia que a situação de Hari na escola havia melhorado. Ela tinha dito que não teve mais carteira e cadeira chutadas e que não foi mais xingada. E eu realmente não tinha visto esse tipo de cena.

— Bom dia.
— E aí?

Era mais uma manhã assim. Era sempre eu que ficava esperando, sentado na defensa metálica do cruzamento e virando cartões de perguntas e respostas com uma das mãos. E Hari...

— Veterano, está sentado aí de novo? O seu bumbum não dói?
...sempre dizia a mesma coisa assim que chegava. E eu...
— Tá cruzado em relação ao vão.
...também dizia a mesma coisa. Então nós dois nos encarávamos e ríamos ao mesmo tempo da bobeira do diálogo repetido.

— Que besteira, vamos lá.
— Sim!

Desde a manhã do ohagi, passamos a ir para a escola lado a lado, todos os dias. "Passamos a ir" porque eu tinha resolvido, por conta própria, esperá-la no caminho. Não havíamos combinado nada, mas ela sempre parava quando me via e me deixava ouvir sua saudação alegre. E isso bastava para que nascesse, dentro de mim, a energia para esperá-la no próximo dia, no próximo e no próximo. Eu não sentia frio ou sono, como se estivesse protegido por uma barreira misteriosa.

Tamaru, obviamente, zombava muito de mim. Quando nos encontrávamos no caminho para a escola, ele só deixava para trás uma risada bizarra – "Hohoho" – e ia na frente. Então, quando eu chegava na sala de aula, cutucava o meu corpo todo e dizia

"Tá namorandooo, tá namorandooo". Às vezes, as cutucadas doíam de verdade, dando início a um diálogo conhecido:

— Aí é sensível!
— Ela é a sua namorada? Namorada?
— Tá doendo! Você tá tentando apertar pontos vitais?!
— Não, tô tentando te deixar com as marcas da Estrela do Norte[21]!
— Então você tá tentando apertar pontos vitais! Você tá precisando aprender a sensação de ser apertado!
— Ai! Para!

E, no fim, gargalhávamos e nos cutucávamos com tudo. "Batalhávamos" por cima de uma carteira. Então Ozaki nos observava com olhos frios genuinamente desgostosos e jogava o cabelo para trás, dizendo "Que horrooor". Bem, quem deveria sentir vergonha não era eu; afinal de contas, ela me achava incrível.

Entre as irmãs Ozaki, a mais nova era muito mais gentil comigo. No dia anterior, na hora de ir para a escola, tinha me deparado com ela no caminho de ida.

— Ah! VetDes e Kuramoto! Ahá, achei vocês! Bom diaaa! — ela disse, correndo para nos alcançar. — Que sonooo! Que preguiçaaa! — reclamou de bom humor, animando os ares.

As duas irmãs estavam juntas, mas a mais velha foi na frente e nos deixou para trás. A mais nova, que estava com um pirulito na boca, tirou outro do bolso e deu para Hari.

— Aqui, Kuramoto. Pra você. Sabor pudim.
— O-obrigada.
— Não tem um pra mim?
— Hm.
— Sério?! Tô magoado!

Eu estava brincando, obviamente, mas a Ozaki mais nova ergueu as sobrancelhas espantada e tirou o pirulito que tinha na boca com um "Plop". Me estendendo o pirulito, disse "Então pega esse".

---

21. *Estrela do Norte*: É uma referência ao mangá/anime "Hokuto no Ken".

Imaginei que ela estivesse sendo gentil, mas o doce já estava derretido.

— Tá tudo bem, não quero... — Eu tive a impressão de que, se aceitasse, estaria sendo errado como um ser humano.

Hari tirou as luvas feliz e logo tirou o invólucro do pirulito para chupá-lo, mas subitamente inclinou a cabeça.

— Hm, Ozaki... Não vamos levar uma bronca se ficarmos chupando pirulito na escola?

— Vamos, sim.

— ...Será que vou terminar antes de chegar?

— Não, não vai dar. Vai durar. Por uma meia hora.

— E-e agora...?

— Pega o papel. — A Ozaki mais nova tirou do bolso o invólucro amassado do pirulito e o enrolou na bala já chupada. — E aí, na volta... — falou ela, tirando o embrulho de novo. — Você chupa de novo.

Então ela devolveu o pirulito para a boca. Hari assentiu, entendendo, e tocou no embrulho que tinha colocado no bolso.

— Então isso daqui é importante.

Mas eu não consegui aceitar essa atitude muito bem.

— Não é meio desagradável chupar uma coisa que já foi chupada uma vez?

Apesar do que eu disse, as duas ficaram desentendidas:

— Há? Por quê?

— Não é normal?

Seria uma diferença entre homens e mulheres? Ou de idades? Ou, ainda, eu que era obcecado com higiene?

O trajeto do dia anterior tinha sido assim, também divertido, mas...

— Você tá estudando pras provas finais?

...a breve caminhada com Hari era sempre especial.

— Sim. Só que...

Capítulo 6

Andando devagar, Hari olhou para mim de baixo e deixou subir uma respiração branca. Seria por causa do frio? A região do nariz dela estava vermelho.

— Não sou muito boa com matemática. E a verdade é que estou perigando reprovar.

Suas orelhas deviam estar frias, porque por vezes as pressionava com as mãos enluvadas. Seus cabelos estavam mais um dia arrumados e sua testa redondinha brilhava.

— Eu também sou ruim em matemática. Quem é o seu professor, só pra eu saber?

— O professor Kojima.

— Putz, o Koji? Ele é muito exigente. E dá nota vermelha sem dó.

— Ele foi o seu professor no primeiro ano?

— Aham, foi horrível. Ele ainda faz aquelas coisas terríveis de ficar dando tarefas pra todo mundo que tá abaixo da média?

— Sim. Muito. E eu não quero ser pega por aquilo de jeito nenhum...

— Ele é o pior de todos. Faz as provas absurdamente difíceis, as aulas são difíceis de entender, tem um coração de gelo...

— Gelo, é...? E agora...?

— Eu tenho as questões antigas. Você quer?

— Há?! — Hari deu um pulinho. — Que-quero! Você ainda tem?

— Pode não parecer, mas eu vivia fazendo provas de reforço porque tirei nota vermelha com o Koji em todos os períodos do primeiro ano. Foi sofrido demais, eu não queria repetir de ano de jeito nenhum e estudei pra caramba. Tenho todas as provas de matemática guardadas. Nossa, você tá com uma cara muito feliz.

— ...Dá pra perceber?!

— Dá, muito. Que bom que deixei elas guardadas.

Hari me olhava com olhos brilhantes. Em seu rosto, estava praticamente escrito "Veterano, você é incrível! Eu te admiro!", mas eu não era nem um pouco incrível. No fim das contas, isso tinha sido o resultado de notas vermelhas consecutivas.

— Bom, vamos ver. Eu posso trazer amanhã... — Eu tive uma ideia de repente. Me contive para não dizer "Já sei!" e continuei a falar como se nada tivesse acontecido: — ...Ou você pode passar em casa hoje, na volta. Aí eu te entrego.

— Ah, hm, então... Posso ir lá na volta da escola?

— Pode, a coordenadora da minha turma fala bastante e costuma enrolar no fim das aulas, por isso a gente demora um pouco pra sair... Você pode ficar me esperando?

— Sim, vou ficar esperando.

Comecei a ver a entrada da escola. Tirei duas balas do bolso, eu tinha as providenciado na noite passada.

— Aqui, uma bala.

Entreguei uma com naturalidade para Hari e joguei a outra na boca.

— O-obrigada.

Hari estendeu a mão sem discutir.

— Ia ser péssimo pegar um resfriado antes das provas. Chupa agora, faz bem pra garganta.

— Sim.

— A sua luva vai ficar grudenta.

— Ah.

Diante do meu apontamento, Hari tirou uma luva às pressas e colocou a bala na boca com a mão nua. E eu espiei discretamente, de soslaio, a área do pulso da mão sem a luva. O mesmo lugar que tinha visto no dia anterior, quando a Ozaki mais nova tinha lhe dado o pirulito.

"...Eu sabia!"

Vi, com clareza, a marca no pulso que tive a impressão de ter visto por um instante no dia anterior. Não tinha sido só impressão, era um sangramento interno que havia ficado com coloração roxa-esverdeada.

Capítulo 6

Formava algumas linhas, provavelmente eram marcas de dedos. Além disso, havia um inchaço comprido vermelho ao lado, que parecia um arranhão. Havia uma marca nítida dolorosa que ia do dorso da mão para dentro da manga.

— Então a gente se vê aqui, na volta. — Fingindo que não reparei em nada, acenei para Hari.

— Certo.

— Se acontecer alguma coisa no intervalo, fala pra mim ou pra sua coordenadora na hora, tá? Não tem mais ninguém sendo agressivo mesmo?

— Não. Inclusive... desde o caso do ohagi, estão me tratando como se eu fosse um assunto muito delicado. A Ozaki é a única que conversa comigo. Os outros nem chegam perto de mim.

— Não jogam nada em você?

— Não, nada. De verdade.

— O óvni parou de atacar?

— Eu espero que sim.

Com uma expressão pouco clara, que poderia ser um sorriso ou não, Hari girou nos calcanhares rodando a bala dentro da boca. Ela foi correndo na direção da sapateira do primeiro ano. Eu a observei de costas por alguns segundos antes de começar a andar.

Hari estava sempre de meia-calça e usava luvas no exterior. Tentava expor a pele o menos possível. Após o caso do ohagi, eu tinha abordado um aluno do primeiro ano no corredor e ele havia dito que Hari usava mangas compridas no verão e meia-calça mesmo em dias quentes. Era por isso que tinha sido tachada como "a maluca". E também contou que as garotas tinham ficado assustadas porque ela ficava se trocando anormalmente escondida nas aulas de educação física.

Houve uma certa faxina em que maltrataram muito a Hari. Haviam jogado lixo sobre ela e uma garota havia tentado espaná-lo do uniforme de Hari, mas ela soltou um berro e empurrou essa garota com violência. Enquanto todos estavam chocados, Hari ignorou a garota que chorava caída e saiu correndo. Foi após essa ocorrência que se tornou uma isolada da classe.

Empurrar soltando um berro... parecia o momento em que nos conhecemos, com a diferença de que ela não me empurrou quando tentei tocá-la. Quem sabe Hari estivesse arrependida do caso da faxina. Talvez tivesse se segurado no limite da sanidade, dizendo a si mesma que não poderia cometer agressão. Apesar de ter sido atingida por lixo.

Que significado tinha, para ela, ser tocada de repente? O quanto era chocante? O quanto era assustador? Ela deve ter sentido dor quando ficou com aquele hematoma no pulso. E devia ter marcas do tipo pelo corpo todo desde muito antes, a ponto de precisar escondê-las com luvas, mangas compridas e meias-calças.

Eu, enquanto ia para a sala de aula, fiquei agarrando o pulso esquerdo com a mão direita, mudando o ângulo da mão. A ferida deixada no pulso de Hari não desaparecia da minha mente, como se tivesse sido gravada lá. O que precisava ser feito para deixar uma marca tão feia? Tentei mudar a posição da mão várias vezes, mas não consegui deixar as marcas com o mesmo formato daquela no pulso de Hari.

— E aí, Kiyosumi? Você veio pra escola com aquela garota de novo, não é? Vocês estão namorando, tenho certeza.

Tamaru acenou sorrindo como sempre. Eu fui até a carteira dele.

— Oi, e aí? Será que você pode segurar essa parte aqui da minha mão?

— O que foi, de repente? Você tá tentando mudar de assunto?

— Vai, só segura. Aqui.

— Quer que eu meça o seu pulso?

— É, alguma coisa assim. Usa todos os dedos e segura com força.

Com uma cara confusa, Tamaru me obedeceu e agarrou o meu pulso, de frente para mim. Mas eu achava que a marca de dedos estava muito diferente do que tinha visto.

Capítulo 6

— Não era assim... Tenta segurar por baixo. Com mais força.
— Há? Assim? O que é isso?
— Tem como você deixar os dedos na diagonal? Isso, desse jeito. E coloca bem mais força. Usa toda a sua força, pode até soltar uns gritos.
— Deixa comigo... Hááááááá, toma isto, seu idiota felizardooo!
Tive o pulso agarrado por baixo, com a força total de um homem, e acabei soltando um "Igh". O tendão na base do dedão quase ficou com problemas.
— Aiiiiiii!
Apesar de eu mesmo ter pedido para Tamaru fazer isso, fiquei espantado e puxei o braço por reflexo, me desvencilhando dele. Nesse ímpeto, senti uma dor quente no pulso. A verdade era que eu tinha subestimado a força de Tamaru.
— Desculpa! Tá tudo bem, Kiyosumi?! Eu acho que te arranhei!
— É... Eu tô bem...
O lugar arranhado pela unha de Tamaru virou um inchaço comprido no meu pulso. Não havia um sangramento interno, mas fiquei com marcas de dedos na parte pressionada. Era esse formato.
— Ugh. Putz, desculpa de verdade, Kiyosumi! Tá doendo?!
— Não, tô bem. Aliás, fui eu que te pedi pra fazer um treco esquisito. Eu que peço desculpas.
Tinha sido de frente. O pulso ficava com essa marca quando agarrado diretamente de frente, como tinha sido agora, com uma força que uma mulher provavelmente não teria. Quando era puxado e desvencilhado se contorcendo. Depois de confirmar o fato, eu marquei um item no meu checklist mental.
— Mas o que foi isso, hein?
— Um tipo de alongamento que eu vi na TV. Mas não consegui entender direito.
Eu disfarcei, rindo para Tamaru, mas internamente eu estava gelado de um jeito assustador. Um pressentimento vago e ínfimo que antes parecia uma fumaça começava a ficar com um contorno

nítido dentro de mim. Alguém havia puxado a delicada Hari com toda a força, a ponto de deixar aquela marca horrível, alguém cruel e desprezível, alguém que também deixava várias marcas em locais que estavam escondidos pela roupa. Havia um homem assim. E não era alguém da turma A do primeiro ano, mas sim um homem que ficava com Hari fora da escola. Eu só conseguia pensar em uma pessoa.

"...Mas, se for isso, tem coisa que não faz sentido." Eu me recordei das palavras de Hari: "Tenho uma avó", "Ela não diz nada", "É quieta, muito". Não fazia sentido, ou melhor, eu não entendia por que ela tinha me contado isso. Tinha a impressão de que Hari estava tentando me dizer algo, algo que não podia ser dito com clareza. Era por isso que não dizia com clareza e esperava que eu percebesse o que era. "Tem alguma coisa que a Hari não pode me contar. Disso, eu tenho certeza."

Mesmo enquanto colocava as minhas coisas na carteira, continuei sentindo uma inquietação desagradável. A cada instante que se passava, perguntava a mim mesmo se eu deveria estar perdendo tempo. A marca no pulso ficou piscando na minha mente como flashes e fiquei ainda mais inquieto; precisava ajudar Hari logo. Mas ainda não tinha certeza. Nesse caso, não poderia, de jeito nenhum, falhar em nada. Se errasse em qualquer coisa, a vida de Hari poderia virar de cabeça para baixo.

Eu estava parado, cauteloso e com a respiração presa, esperando o sinal mudar. Mantendo os meus pensamentos para mim, estava raciocinando calado sem parar, acumulando energia dentro do corpo.

*

Depois das aulas, Hari estava me esperando conforme o combinado. Quando eu sugeri que, antes de irmos para a minha casa, irmos cumprimentar a tia da lavanderia, ela concordou. A tiazinha estava preocupada com Hari desde aquele dia e, a cada vez que me via, perguntava "Aquela menina está bem?". Além disso, eu tinha outro motivo para passarmos lá, mas não disse o que era.

Capítulo 6

— Dona, boa tarde!
— Boa tarde.

Entrei no estabelecimento com Hari. Como naquele sábado, não havia nenhum cliente.

— Ah! Veja só! Você finalmente trouxe ela aqui!

A tiazinha logo apareceu atrás do balcão e voltou um sorriso alegre para Hari sem hesitar.

— Eu fiquei pensando em você. Tudo bem? Tudo bem na escola?
— Ah. Si-sim.
— Mesmo? Que bom.
— Hm, no outro dia... obrigada pelo uniforme. Me ajudou de verdade, mas eu fiquei preocupada, porque preciso pagar e...
— Não, não, está tudo bem. Eu fiz aquilo porque quis. Mudando de assunto, e o ohagi? Gostou?
— Ah. Hm... É que... Errr... — Hari murmurou desconfortável e baixou a cabeça.

Eu entendia como era difícil contar, então resolvi explicar o destino do ohagi no lugar dela:

— Bom, é uma longa história e...
— Ah, não. Velhinhos, feito eu, não entendem histórias compridas. Nem adianta assistir as novelas que fico sem entender nada: "Há? Quem é esse daqui, mesmo? Ué? O que aconteceu?". Não consigo nem distinguir a cara dos atores. Eu tenho a impressão de que, ultimamente, aparecem as mesmas pessoas em todos os programas. Alguém que acabou de ser assassinado aparece de repente no papel de um policial; coisas assim, sabe?
— Mas é claro que não é as-... Então eu vou resumir. Ela não conseguiu comer.
— Há?! Por quê?!
— Um cara fazendo bullying derrubou. Fez "Paf!".

Ocultei que haviam jogado os ohagis, mas ainda assim foi bastante chocante para a tiazinha.

— O quê?! Que crueldade!

— Ah. Eu e a minha mãe comemos, naturalmente. Obrigado, tava muito bom.

— Isso não interessa! Ah, não, não acredito! É crueldade demais, pobrezinha... Ah, já sei, esperem um pouco.

A tia foi às pressas para os fundos do estabelecimento e logo voltou com um pequeno prato e um palito.

— É a sobra de um presente que ganhei, mas coma.

Sobre o prato no balcão, havia um doce famoso cheio de pasta de feijão doce, que costumava ser dado de presente.

— Ah! Akafuku[22]! — disse Hari, com olhos afiados brilhantes. — Posso mesmo?!

Ela já estava segurando o palito. "Ah, akafuku", se passou pela minha cabeça. Eu não tinha pensado nisso antes. Como tinha pasta de feijão e moti, devia ser o doce favorito entre os doces favoritos de Hari.

— Sim, claro.

— Que pitoresco uma estudante comendo akafuku no meio de uma lavanderia... E, a propósito, cadê a minha parte?

— Não tem. Este é o último. A minha nora comprou pra mim quando foi viajar.

— Quêêê?! Não é por nada, mas essa situação é familiar!

— ...

Hari hesitou e parou de se mexer de repente, antes de estender o palito na minha direção.

— Nãããoo, pode comer... — Empurrei a mão de volta com delicadeza. — Não se preocupa, pode ficar com ele.

— E-então metade...

Ela fez menção de empurrar o prato na minha direção, mas o empurrei também.

— Não, tá tudo bem. Come inteiro. Vai com tudo.

---

22. *Akafuku*: Bolinhos de arroz glutinoso com cobertura de pasta de feijão doce.

Capítulo 6

— ...Me desculpe e obrigada... Com licença.

Hari foi comer ainda de luvas, porém, talvez por não ter conseguido usar os dedos direito ou por ter achado mal-educado, as tirou e as segurou com a axila. Quando fez isso, o hematoma no pulso apareceu pela manga. Ela provavelmente reparou nisso e puxou a manga da blusa com força, escondendo-o. Só então ficou satisfeita e começou a comer o akafuku.

Eu não sabia se a tiazinha tinha visto a marca no pulso, mas ficou com olhos que tinham apenas uma gentileza sem fim.

— Eu vou fazer ohagis de novo, não se preocupe. E coma devagar. Eu devia ter deixado mais sobrando, mas é que eu adoro doces. Akafukus são tão bons. — Ela ficou observando Hari comer fixamente.

— Mudando de assunto, nunca tem clientes aqui, né?

— Há? Claro que tem. Está assim por acaso.

— Mas não tinha ninguém no outro dia também.

— Aff, não seja desagradável. Antigamente, você era tão esperto. Era pequenininho, com olhos redondinhos e bochechas cheias. Parecia uma menina de tão fofinho que era. "Tia, tia", você ficava dizendo. Pra onde foi aquela fofura? Se eu descobrir pra onde foi, eu vou buscar.

— Eu continuo fofo.

— ...Nnnf!

Hari deixou escapar uma pequena risada. Deu uma olhadela para mim, mas logo desviou o olhar e começou a se contorcer risonha, sem produzir som. O que isso queria dizer?

— Não é? Ele não é nada fofo, é isso que ela quer dizer. Não parou de crescer e ficou com a voz grave. E logo vai fazer vestibular, certo? Ai, ai, o tempo passa tão rápido, num piscar de olhos. Outro dia, estava me mostrando a bolsa do ensino fundamental e, agora, está imenso. Esses dias, a sua mãe disse: "O Kiyosumi acorda com a voz de um velho. Que medo. E agora?".

— É só quando eu acabo de acordar, tá? Ninguém acorda em condições perfeitas. Além disso, só pra você saber, a minha mãe parece um coringa quando acorda, fica igualzinha ao desenho que tem no baralho. É medonho… Ué? Hari?

Enquanto eu e a tiazinha estávamos dizendo bobeiras, Hari estava sofrendo sozinha. Pelo visto, tinha se engasgado com o akafuku quando tinha rido olhando para mim.

— Ah, minha nossa…

— Que "minha nossa" o quê! A gente precisa de chá ou de água! Rápido!

Quando chegamos em casa, já havia passado das cinco. Tínhamos falado de trivialidades por bastante tempo na lavanderia. Era um horário em que a minha mãe já poderia estar em casa, pois estava no turno diurno nesse dia, mas talvez estivesse fazendo compras. O carro ainda não estava lá.

— Eu acho que a minha mãe volta daqui a pouco.

— Está no trabalho?

— Ela é enfermeira em um hospital municipal. E já vou avisando: ela tem uma conversinha muuuito chata. Vai se preparando.

— Ah, mas eu não vou ficar muito… Não tenho muito tempo.

— Ah, é verdade, eu sei. Senta aí, em algum lugar. Vou procurar as questões antigas lá no meu quarto.

O pai dela voltava para casa por volta das sete horas, eu sabia disso.

Discretamente, tinha indicado para Hari uma almofada que não tinha visão para o relógio. Fui para o andar de cima e peguei um fichário na estante, fui virando as páginas com provas e tarefas antigas e…

"Quero ver com os meus próprios olhos, nem que seja só uma vez, e confirmar."

…parei de me mexer. Eu não quis transformar em palavras nem mesmo mentalmente. Mas, enfim…

Capítulo 6

"Quero ver o tal pai que volta às sete. Que cara ele tem...?"

Eu estava desconfiado do pai de Hari. Se fosse realmente isso que acontecia, era péssimo, o pior de tudo que poderia ser. Hari estaria sendo agredida pelo próprio pai, pelo único guardião que tinha. E, se fosse possível negar essa possibilidade, eu queria negá-la. Mas não estava conseguindo, não havia material o suficiente para me livrar das suspeitas.

Havia, porém, uma coisa: moravam três pessoas na casa de Hari, ela tinha uma avó. Era a única coisa que me impedia de transformar suspeitas em certezas. Era impossível que estivesse sendo agredida pelo pai em um local em que ficavam isolados. Por outro lado, Hari só falava de pai, pai, pai. Era estranho que a avó fosse tão pouco presente. Queria dizer que, como o imaginado, o pai a agredia e a avó não a protegia? Era isso que significava o "quieta" mencionado por Hari? Ou, ainda, seria possível que a avó também participasse?

Talvez o pai agredisse não somente Hari, mas também a avó. E, assim, controlava toda a família. Talvez fundamentasse a violência no fato de a mãe de Hari, a filha dessa avó, ter deixado a casa.

"Mas tudo isso é só imaginação minha."

A única evidência eram os machucados no corpo de Hari, mas não era como se o nome do culpado estivesse escrito nas cicatrizes. E, acima de tudo, a própria Hari tentava escondê-las. Ela não tinha me dito que precisava de ajuda, eu estava tentando me envolver por motivos pessoais. Estava me intrometendo nos assuntos de Hari, sendo que ela tentava escondê-los.

"Não tem como eu pedir o conselho de outras pessoas enquanto não tenho certeza de nada. Porque, se tiver alarde por causa disso e tudo for um mal-entendido meu, vou colocar a família dela numa situação horrível."

Ainda com o fichário na mão, me sentei um pouco na frente da escrivaninha. Fosse como fosse, o que eu queria fazer nesse dia era manter Hari ali o máximo possível. E depois ver o pai dela. Queria saber se poderia transformar suspeitas em certezas. Era um plano de última hora, mas não parecia muito difícil. E foi nesse momento...

— Cheguei! Ei, fiquei sabendo que você foi até a dona da lavanderia! Fiquei sabendo agorinha que você estava com a tal garota! É verdade?! Quer dizer que vocês estavam em um encontro ou alguma coisa ass-... UAU!

Consegui imaginar o que estava acontecendo no andar de baixo. Desci com o fichário e estavam como o imaginado.

— Ela tá aqui! Aqui em casa! Ou seja, você é a dita cuja?!

— ...Ah... Sim...

— Você vai pra escola com o Kiyosumi, não vai?!

— ...Ah! S-sim...

— Eu sabia! Eu vivo perguntando pro Kiyosumi, mas ele só diz "Cala a boca!" ou "Não te interessa!" e terminou dizendo "Você tá proibida de falar comigo nessas manhãs maravilhosas!". É a primeira vez, de verdade verdadeira, que o Kiyosumi traz uma garota aqui! Eeeei, isso quer dizer que você é a namorada dele?! Hein?!

— ...

— Hein?! Hein?! E aí?! Heeein?!

Ainda com sacolas de compras penduradas nos braços e parada na entrada da sala, a minha mãe estava falando insistentemente com Hari, por algum motivo meneando o queixo. A garota, travada no kotatsu, baixou a cabeça enquanto estava sentada com as pernas dobradas. Estava com o rosto muito vermelho, claramente desconcertada. Eu me enfiei entre ela e o queixo da minha mãe.

— Sua barulhenta, isso não te interessa! Te proíbo de falar nas minhas tardes pacíficas! — Eu disse tudo que queria como sendo o seu filho, mas...

— Não! Vou falar, sim! Aliás, me apresente ela direito.

— Não, vou ficar com vergonha.

Capítulo 6

— Quêêê?! Você tá com vergonha?! Ou seja, isso é sério?! Ai, não! Mentira! Eu deveria ter feito compras pra um banquete?! Um gomokuzushi[23], quem sabe?! Inclusive, pode ser um instantâneo?! Eu só ia precisar misturar! Desculpa por isso!

— É por isso que eu fico com muita vergonha. Esta é a minha mãe.

— ...Escuta aqui, moleque. É bom você parar de brincadeiras.

A voz da minha mãe repentinamente ficou grave e séria, por isso retifiquei:

— Hari, esta é a minha mãe. Desculpa a barulheira, eu tenho, mesmo, vergonha como sendo da família dela. Em outras épocas, eu teria que me matar.

— Não, imagine...

— Boa tarde, muito prazer. Eu sou a mãe do Kiyosumi, uma gravidade de matar. Muito obrigada por ser amiga deste imbecil. São da mesma escola, certo? Em que ano você está?

— Ah, no primeiro ano...

— Ela é a Hari Kuramoto. Os caracteres não são de agulha, e sim aqueles complicados.

— Ah, eu sei quais são. Estavam no dicionário de provérbios que é lido com frequência em um certo lugar daqui de casa. Que nome bonito.

— Hm... Obrigada...

— A estatura do Kiyosumi, aqui, é feita em maior parte pela parte superior do corpo. É tudo tronco, ele tem pernas curtas.

— Ah... Certo...

— Cala a boca, o que tem isso?

— Ele é tronco até aqui. Comprido, não é? As pernas começam só aqui! Olha! — A minha mãe repentinamente deu tapas violentos no meio da minha coxa. — Heheee! É por você ter destratado a sua mãe!

---

23. *Gomokuzushi*: Uma receita japonesa em que se mistura ingredientes comumente encontrados em sushis ao arroz temperado com vinagre.

Eu mostrei a língua. Não tive vontade nem de reclamar. Como ela conseguia desempenhar o importante trabalho de enfermeira? Eu não conseguia entender, de verdade.

— Vou passar um chá ou um café. O que você prefere, Hari?

— ...Hmmm... Ta-tanto faz...

— A gente acabou de tomar chá na lavanderia da tiazinha.

— Então vou passar café, mas só tem instantâneo. Pode ser, Hari?

— Ah. Sim, po-pode.

— Eu vou lá preparar. Pode ficar descansando aí no kotatsu. Me desculpe pelo frio, é que a casa é velha e arrebentada.

— Não, imagine, de jeito nenhum. Está bem quentinho...

— Que bom. Ei, Kiyosumi, pegue as xícaras da prateleira mais alta. A Hari vai usar a mais fofinha, claro.

— Mas qual é a "mais fofinha"? A do coelho? Das rosas?

— Rosas.

— Aqui. É esta, né? Não ia ser engraçado se eu te entregasse uma xícara com desenho de panceta suína?

— Não, não ia. É normal xícaras com desenho de carne de porco.

— Não é, não. Onde é que você viu isso?

— Há? Em cafés.

— Para de mentir. Ah, só pra você saber, o desenho é normal. São rosas bonitas, você pode ficar tranquila.

Me virei e Hari estava estendida sobre a mesa do kotatsu, com as costas tremelicando. Que bom, parecia que estava rindo.

— Ah, é mesmo, toma. Você teria vindo à toa se eu esquecesse disso.

Entreguei para Hari o fichário que ainda estava segurando e de que eu já estava quase me esquecendo.

— Muito obrigada. E, veterano...

— O quê?

Capítulo 6

— ...É estranho...

— A minha mãe? É, ela é estranha. Usaram peças fajutas no cérebro dela.

— Não, não é isso... É-é que... Não sei. Me desculpe, foi engraçado. Divertido? Só sei que não estou conseguindo me segurar. Eu ri muito.

Dizendo isso, Hari franziu o rosto de novo e voltou a rir: "Ahahahahaha!". Estava com uma expressão infantil, muito inocente e indefesa. Levado por isso, acabei rindo também.

— Pode ficar à vontade. Pode rir o quanto quiser.

Quanto mais Hari ria, mais eu ficava feliz. Senti energia preenchendo o meu corpo. Agora, o meu único objetivo era ver esse sorriso.

O "poder de tiazinha" da minha mãe foi impressionante. Ficou sentada no kotatsu junto conosco por todo o tempo, falando coisas desimportantes, oferecendo doces, legumes em conserva e até um álbum de fotos de quando eu era criança.

— Aqui, olha, foi a cerimônia de matrícula do ensino fundamental. Esse menino na primeira fila é o Kiyosumi.

— Nossa, o veterano está tão pequeno...

— É, ele ficou na primeira fila até os últimos anos do ensino fundamental. E cresceu de repente... Ah! E agora, Kiyosumi?! Eu posso mostrar a próxima página pra Hari?!

— Hein? Por quê?

— Você tá pelado. É de quando, em um certo verão, você estava em uma piscina de plástico no jardim... Hari, você quer ver?

— Sim, sim, eu quero.

— Nããão, para com isso. Ei... Sério, para! Eu tô peladão de verdade!

— Está vendo? Tão pequeno.

— Para!

Hari riu sacudindo os ombros, vendo como eu e a minha mãe estávamos brigando pelo álbum. Pelo visto, a minha mãe tinha adorado a garota sincera e afável.

— Ah, é, Hari. Avise as pessoas da sua casa e jante aqui. Já está tarde. — Quando ouviu essas palavras, Hari ergueu o rosto espantada.

— ...Ah, não. Que horas são?

— Seis e quarenta e cinco. Ou um pouco mais.

— Há?! Sinto muito, eu preciso ir embora! — Ela se levantou às pressas, tropeçando na almofada e quase caindo. — Muito obrigada por hoje! Obrigada por tudo!

Hari agarrou o casaco com violência, agarrou também a bolsa e fez menção de ir para a porta baixando a cabeça várias vezes em reverência.

— Ei, o fichário! Você tá esquecendo dele!

— Ah! É mesmo!

Eu estendi o fichário e, me mantendo nessa pose com casualidade, com o objeto no ar, me virei para a minha mãe.

— Ah, é. Mãe, você pode dirigir até lá? O pai da Hari é muito rigoroso e ela pode levar uma bronca se chegar tarde.

— Ah, é mesmo? Me desculpe por ter te atrasado, não reparei nas horas. Vou me responsabilizar e te levar até a sua casa.

— N-não, está tudo bem!

— Não precisa fazer cerimônia. Até porque eu quero que você venha mais vezes.

— É isso mesmo, também vou junto. Você precisa chegar antes do seu pai, não é? De carro, você vai chegar rapidinho. Mãe, a Hari mora naquele lado do bosque e... hm, onde é mesmo?

Um pouco hesitante, Hari disse o nome do bairro.

— Então é logo ali — concluiu a minha mãe, já vestindo o casaco e com a chave do carro na mão.

— A Hari mora com o pai e a avó. Não é?

Capítulo 6

— Ah, a sua avó mora com você?

A minha mãe não era tola a ponto de perguntar "O que aconteceu?". Afinal, tinham acontecido coisas com o pai daqui de casa também.

— ...Ah. Sim...

— E o pai dela fica bravo se a Hari não estiver em casa na hora em que ele chega. Ele volta umas sete horas, não é?

— ...S-sim...

— Às sete? Então está tudo bem, vamos chegar a tempo. Eu não quero que você leve uma bronca e não possa mais vir aqui. Não se esqueceu de nada? Ok, vamos!

Hari, desistindo de se recusar, seguiu a minha mãe para fora. Estava com uma expressão preocupada e confusa. Não aguentei vê-la assim e virei as costas para ela, fingindo estar com pressa. "Desculpa, desculpa, desculpa. Desculpa te causar problemas", fiquei repetindo mentalmente enquanto vestia o casaco. Entrei no banco do passageiro do carro da minha mãe e indiquei o banco de trás para Hari.

Eu a tinha mantido em casa até quase o tempo-limite de propósito. E levá-la de carro também era conforme os planos. Havia atrasado a volta de Hari de propósito, de tanto que estava desconfiado do pai dela.

— Colocaram o cinto de segurança? Vou pisar fundo!

— Não, não pisa fundo! Dirige com segurança! A Hari tá aqui!

Me virei escondendo o desconforto. Olhei para Hari e ela estava calada, com as sobrancelhas caídas, realmente preocupada. Se eu abrisse a boca agora, acabaria dizendo "Desculpa".

O carro partiu conosco. Seguimos por um tempo pelo caminho por que havíamos passado juntos e passamos do cruzamento em que tínhamos nos separado no outro dia. A rua que tinha plantações dos dois lados era fina a ponto de ultrapassagens serem complicadas. Era solitária e muito escura. Então...

— Ah! O carro da frente é do meu pai! — exclamou Hari, apontando para a luz de freio à frente.

— Mesmo?
— Sim. Pela placa...
— Ah. Será que ele vai reparar na gente?

A minha mãe piscou os faróis, mas o carro da frente não reduziu a velocidade. Quando Hari abriu a janela, porém, colocando a cabeça para fora e acenando...

— Ah. Ah. Oh... Aaah!

O carro da frente freou de forma muito repentina. Não estávamos muito rápidos porque a rua era ruim, mas quase colidimos. Para completar, o carro da frente deu ré, por algum motivo, e veio se aproximando cada vez mais de nós. Com uma velocidade bem alta, fazendo a minha mãe ficar afobada:

— Há?! Há?! Há?!

Não tivemos opções senão dar ré também. Eu não tinha habilitação, mas soube que bateríamos se a minha mãe não recuasse. Após o movimento inexplicável, o carro do pai de Hari finalmente parou. Hari desceu do banco de trás e, trotando, chamou:

— Pai!

Quem desceu do carro...

— Hari!

...foi um homem de meia-idade extremamente comum. Tinha porte médio e estatura mediana, era realmente um adulto comum que se via em qualquer lugar.

— Por quê?
— Ah, hm, estavam me levando para casa.
— Há? Quem?
— Um aluno mais velho lá da escola... Eu pedi conselhos dele.
— Conselhos? Do quê? Até agora? Onde?
— Sobre e-estudos. Mas, hm, já está tudo bem. Vamos.
— Me desculpe por isso! Muito prazer, sou Hamada!

A minha mãe tirou o cinto, desceu do carro rapidamente e cumprimentou o pai de Hari curvando a cabeça.

Capítulo 6

— Ficamos conversando e, quando percebi, estava tarde, então a trouxe até aqui. Eu sinto muito por ter atrasado a sua filha.

Saí do banco do passageiro e também cumprimentei, curvando a cabeça.

— ...Sou Kiyosumi Hamada. Estou no terceiro ano da mesma escola que ela.

— ...

O pai de Hari não disse nada, olhou para a minha mãe e depois para mim. Eu não fazia ideia do que ele estava pensando. Parando para pensar, eu não entendia, para começo de conversa, de homens adultos em geral. Ainda mais homens adultos que não eram professores ou parentes e que não tinham intenção de interagirem comigo ativamente. Em suma, eu não entendia de terceiros.

Talvez eu não soubesse nem se pessoas assim eram realmente "normais", mas só havia como chamá-lo de normal. Ele não tinha nenhuma característica chamativa. Estava com as mangas da camisa branca arregaçadas, vestia calças sociais, tinha cabelos curtos e usava óculos. Era parecido com qualquer um e, ao mesmo tempo, não era. Era o tipo de rosto que deixava uma pessoa em dúvida se pedissem para desenhá-lo. Provavelmente trabalhava em uma empresa, como qualquer um.

— É mesmo? Obrigado por cuidar de Hari.

Entretanto, achei que a velocidade de transformar a inexpressividade em um sorriso foi rápida demais, de um jeito que nunca tinha visto antes. Internamente, me assustei. Eu estava reagindo de maneira exagerada, por conta da desconfiança? A velocidade para voltar do sorriso para a inexpressividade também foi rápida. Seu rosto virou uma chapa lisa de súbito.

— Vamos.

O pai de Hari virou as costas para nós e fez menção de voltar para o carro. Mas a minha mãe, por algum motivo, continuou o abordando insistentemente:

— Há, fiquei sabendo que Hari mora com a avó. Por acaso cuidam da saúde dela? Se for o caso, devem ficar muito atarefados.

Imaginei que fosse uma pergunta por conta da profissão dela. E...

— Há?

O que teria pensado o pai de Hari? Ele olhou perplexo para a minha mãe, porém logo mostrou um sorriso e voltou somente o olhar para o rosto de Hari, devagar. Ela o fitou de volta sem dizer nada.

— O quê? Você disse alguma coisa?

— Ah. Hm.

— Disse, não foi? Sobre a nossa família.

— Não, não disse nada. Não. Nada... Ei, eu quero ir pra casa. Pai, vamos embora logo.

A minha mãe exclamou um "Náããoo!" com um gesto exagerado, sacudindo as mãos na frente do rosto. Então curvou as costas de um jeito bastante "tiazinha" e se aproximou mais um passo de Hari e do pai dela.

— Hari não me contou nada. Eu só achei que você deve ter muito trabalho. Afinal, você trabalha, cuida da casa e se, ainda por cima, tiver de cuidar da saúde de alguém, deve ficar muito atarefado. É que tenho vários amigos com problemas nessa situação, acho que devo estar ficando velha.

— ...Não estou cuidando da saúde de ninguém. Não se preocupe.

— Ah, vocês têm alguém para auxiliar?

— Não, somos só nós, mas está tudo bem.

— É mesmo? Que bom. A avó dela continua bem de saúde? Então ainda deve desempenhar tarefas domésticas.

— Não há uma em casa.

"Não?!", pensei. Eu arregalei os olhos espantado e Hari olhou para mim. Nossos olhos acabaram se encontrando. Tive a impressão de que o ar que havia entre nós tinha congelado instantaneamente. Tudo parou, o tempo e até os átomos. Parou e foi caindo aos poucos.

Capítulo 6

Aquilo caloroso que havia entre nós, tudo isso morreu na hora. Eu não consegui dizer nada e apenas fiquei calado, mas a minha mãe, por algum motivo, se agarrou a esse assunto e não o largou.

— Ah, então ela está em alguma instalação?

— Bem, sim. Ela é a minha sogra e não está bem de saúde, pois é bem idosa. Está internada faz tempo. Então não há muito o que eu, um homem sozinho, fazer. No máximo, vou visitá-la.

— É mesmo? É uma instituição para idosos desta região? Então deve ser o hospital municipal ou a Casa Saisei. Bom, ia ser muito longe se fosse provincial. A de Ohnoda é muito longe, não acha? Ou será que ela está em outro lugar?

— É municipal.

— ...Pai, vamos embora! — Hari exclamou praticamente pegando impulso.

Ela agarrou o braço do pai com uma cara repuxada e começou a usar o seu peso para puxá-lo na direção do carro. Seria um gesto meigo se feito com inocência, mas e quando feito por mentirosos? Eu achei que a minha mãe continuaria falando, dizendo algo como "Ah, mas que coincidência. Eu trabalho na instituição municipal", mas, contrariando o que imaginei, ela manteve o tom de conversa casual.

— Ai, nossa, eu sou muito falante. Estou atrasando você de novo. Bem, com licença. — Ela se curvou alegremente.

Hari não se virou mais e o pai dela foi o único que cumprimentou de volta, meneando a cabeça com um sorriso:

— Até.

Os dois entraram no carro, as lanternas traseiras foram se afastando. Eu e a minha mãe voltamos para o carro também e ficamos observando distraídos o caminho à frente por um tempo. Um caminho muito escuro que seguia para trevas profundas. E um céu noturno que parecia coberto por uma tampa gigantesca.

— ...Ei, Kiyosumi. Viu... — A minha mãe, ainda sem colocar as mãos no volante, falou comigo enquanto eu estava confuso.

— Hm?
— Foi mentira.
— Uhum. Não sei por que a Hari me disse que mora com a avó. Por que estava tentando esconder que morava apenas com o pai? Isso queria dizer que eu poderia transformar suspeitas em certezas?
— Não, não é isso. Eu nunca vi o pai dela no hospital — explicou a minha mãe com um perfil duro.
— Quer dizer que... ele não faz visitas? Que, na verdade, é um cara insensível?
— Escute aqui. Eu trabalho há mais de dez anos na instituição municipal e tenho um cargo na ala hospitalar. Eu sei quais são os pacientes internados, independentemente da especialização que frequentam.

A minha mãe falava baixo e parecia estar falando consigo mesma, em vez de com outra pessoa. Mas eu estava a ouvindo do banco do passageiro.

— Eu sei de cor os familiares de idosos internados lá. Quem são as filhas deles e o que fazem, quem são os filhos deles e o que fazem, quem são as esposas, os netos e quem são as pessoas que vão lá com frequência, isso faz parte do meu trabalho. Não são muitos genros que fazem visitas e eu nunca me esqueceria de um.

— ...O que você quer dizer?

Lentamente, a minha mãe se virou para mim e respondeu:
— Não existe uma avó internada. Ou, pelo menos, não existe uma no hospital municipal, como ele disse.

— Há...?

"Espera. Não tô entendendo. Não existe? Ou seja... Ainda não tô entendendo". Eu não consegui dizer nada e olhei atônito para a minha mãe, que me encarava de volta.

No fim, Hari havia mostrado uma expressão repuxada, de medo. E ela não tinha olhado para mim, talvez ela nunca mais fosse olhar.

Capítulo 6

Mas por que eu estava com essa impressão? Meu coração estava batendo de forma desagradável e não parava.

"A Hari sabia que a minha mãe é uma enfermeira? Eu tinha contado pra ela que a minha mãe trabalha no hospital municipal?" A minha cabeça parecia formigar e eu não estava conseguindo raciocinar. Me senti sufocado. "A Hari, talvez... tenha percebido que eu percebi que o pai dela também tava mentindo..."

A minha mãe deu o golpe de misericórdia e sibilou:

— Aquela família é estranha. Por que mentir? Tudo bem disfarçar ou ocultar coisas, mas contaram uma mentira descarada com a maior naturalidade. Como assim? Que medo.

"Medo", realmente. Talvez fosse, mesmo, assustador. Eu continuei sem conseguir falar. E a minha mãe foi falando cada vez menos, até o carro ser preenchido por silêncio.

O carro mudou de direção e seguimos o caminho para casa pela rua noturna. Dentro de mim, a sensação de que tinha me intrometido demais foi ficando cada vez mais forte. Nessa noite, eu tinha passado dos limites do herói que Hari havia vislumbrado em mim. Eu tinha deixado de ser aquilo em que ela havia confiado.

Meus pensamentos eram pesados e frios e foram caindo e se acumulando no fundo da minha barriga. Foram subindo sufocantes até a minha garganta. Eu tinha estendido uma carne para uma zebra faminta, sendo que zebras não comiam carne, sendo que não iriam querer carne mesmo se fossem morrer de fome. Eu tinha dado uma carne, dizendo que era grama, tinha me aproveitado da confiança que ela tinha em mim para satisfazer a minha conveniência de querer fazer algo por Hari. E ela devia ter reparado nessa minha verdadeira face, esta face arrogante.

Os dedos no meu rosto estavam frios. Eu não tinha conseguido me transformar, a minha máscara tinha caído. Por algum motivo, me recordei das escadas da escola, por onde eu tinha ido e vindo repetidamente. Era uma situação sem relação alguma com o agora, porém a sensação daquele momento, de ter bebido chumbo, foi sendo reavivada com clareza.

Mas eu sabia de uma coisa. Eu tinha visto. Afundei no encosto do banco e cobri o rosto com as mãos. Apesar de não ter conseguido me transformar, apesar de ser só uma pessoa impotente, eu tinha visto... Tinha realmente visto o óvni de Hari.

O carro parou. Tínhamos chegado? Ou era só um semáforo vermelho? Nem isso eu conseguia saber.

7

No dia seguinte, Hari não apareceu no cruzamento não importando o quanto eu esperasse. Sem opções, eu corri para a escola, quase me atrasando. Olhei para a sapateira de Hari e os mocassins dela já estavam lá. Ela tinha ido para a escola mais cedo ou tinha passado pelas minhas costas sem eu reparar.

No intervalo do almoço, espiei a sala de aula do primeiro ano, porém ela não estava lá. Abordei a irmã mais nova de Ozaki e perguntei sobre Hari, mas ela não soube onde Hari estava.

— Há? A Kuramoto? Não tá aqui? Eu não sei.

Aparentemente, também tinha voltado para casa antes de mim. E os sapatos de interior dela não tinham sido bagunçados. Eu não tive opções senão voltar para casa sozinho.

Os dias se passaram assim e então percebi que não estava conseguindo falar com Hari. Eu não sabia o que queria falar, mas eu sabia que precisava dizer alguma coisa. Por outro lado, eu tinha a impressão de que teria de mencionar aquilo que não queria que fosse mencionado se falasse com ela.

Se eu não tocasse nesse assunto, nós não teríamos conserto. Não chegaríamos a lugar algum, não conseguiríamos sequer ficar juntos. O óvni dos céus de Hari, agora, estava também nos meus céus. O óvni de Hari havia acabado por se tornar o nosso óvni. Ele nos atacava do céu, causava dor sem parar, deixava recair uma sombra escura, tomava a liberdade, parava o tempo e congelava muito frio tudo que havia. Com uma rede pitoresca que caía dos céus, havia capturado o meu corpo e não me deixava escapar. Embora fosse invisível aos olhos, não desaparecia. Estaria presente até ser derrubado. Como se fosse uma tampa no céu, ficaria bloqueando a luz.

Houve um dia em que pude ver Hari. Fui até a sala de aula do primeiro ano, em um intervalo entre as aulas, e ela estava em seu lugar. Não soube se deveria falar com ela e a irmã de Ozaki falou por mim:

— O VetDes tá aí. Tá te chamando.

Mas Hari...

— ...

...ignorou por completo tanto a minha presença, parada na porta, e a irmã de Ozaki. Fingiu que não estava vendo e ouvindo nada e manteve o olhar nas próprias mãos, distraidamente.

Ela tinha parado de arrumar os cabelos, as costas magras estavam curvadas e os cabelos longos estavam escorridos para a frente, para que ninguém visse o seu rosto. Estava de cabeça muito baixa, sem mover nem um músculo sequer. Parecia até mesmo que não estava respirando, se fingindo de morta.

Vendo como claramente pretendia me ignorar, achei que, agora, fazer qualquer coisa seria inútil. Hari não olharia para mim mesmo se eu ficasse diante de seus olhos e balançasse a sua carteira; mesmo se eu dissesse "Ei!" e erguesse a sua cabeça pelo queixo.

A irmã de Ozaki, naturalmente, ficou desgostosa.

— Quê? Sério? Não acredito.

— ...É culpa minha, tá tudo bem. Até a próxima.

Eu a agradeci e tive de voltar para a minha sala, mais uma vez sozinho. As pernas que seguiam pelos corredores pareciam estranhamente flutuantes, como se estivesse andando em um pesadelo. Sem luz, o mundo era muito escuro.

Capítulo 7

Depois desse dia, talvez porque a irmã mais nova havia lhe contado alguma coisa, Ozaki ficou um pouco gentil. Ela me deu coisas.

— Toma. Bala — disse entregando — Toma. Chiclete. E mais isso. — Ela jogou os cabelos para trás. — Você... — Ela sorriu um pouco — ...levou um fora?

Terminou sendo muito direta, ao que Tamaru gritou:

— Não, não fala disso pro coitado!

Ele empurrou Ozaki e eu, sem saber que cara deveria fazer, só ri alto:

— Hahaha!

E foi assim que os dias se passaram. O tempo continuou ruim, nevou um pouco, mas não chegou a mudar a paisagem. Depois de um tempo, a escola entrou no período de exames finais.

Para a maior parte dos alunos do terceiro ano, notas de final de período já não interessavam. Com exceção de quem dependia de indicações, estávamos todos estudando para o vestibular. Eu, aos olhos das outras pessoas, devia estar igual a todos. Como o vestibular começava no início do ano, os alunos do terceiro ano estavam se empenhando na reta final. Parecia que até mesmo o "VetDes" não estava podendo se envolver nos assuntos do primeiro ano. Todos os dias, sem descanso, eu encarava provas de referência e livros didáticos, escrevendo em um caderno com a minha lapiseira.

Mas a verdade era que eu estava preso nas sombras do óvni e não conseguia nem respirar direito. Eu não conseguia saber onde o meu próprio coração estava; era como se o conteúdo da minha pessoa tivesse sido sequestrado para algum lugar. Eu não conseguia imaginar o que aconteceria no ano que vem; aliás, eu não conseguia imaginar nada do futuro. Não conseguia vislumbrar nada, não estava enxergando o que estava à frente, nada que se referisse a mim mesmo.

Após os exames de fim de período, houve o dia de devolução das provas. De manhã, eu fui para a escola mais cedo do que Hari e deixei um saco de papel na sapateira dela. Havia ohagi dentro. Talvez não fosse agradável deixar algo de comer onde se colocava sapatos, mas não havia o que fazer, pois não conseguiria entregar de outro jeito. Ela, desde aquele dia, estava me evitando e continuava a me ignorar. E no dia seguinte seria a cerimônia de encerramento do período letivo.

O ohagi era da tiazinha da lavanderia, que havia me entregado o doce dizendo "Dê para aquela menina". Depois de saber como Hari não havia conseguido comer os ohagis anteriores, a tiazinha fez questão de fazer mais. O saco de papel estava bem pesado. E, claro, não havia como a tiazinha saber como eu e Hari estávamos nos últimos tempos.

A minha mãe parecia ter uma ideia do que acontecia pelo meu comportamento, mas não chegou a dizer nada em especial sobre Hari. Ela falou, porém, sobre a avó mencionada pelo pai de Hari:

— Eu verifiquei. Como eu tinha imaginado, era mentira que ela está lá no hospital onde eu trabalho.

Ela deu esse relato curto e eu perguntei:

— O que eu faço?

— Você tem que se concentrar nos estudos. Por enquanto — ela respondeu.

Mas eu não conseguiria deixar as coisas do jeito que estavam até deixar de ser "por enquanto". Eu estava aguardando por uma oportunidade, estava pensando em Hari o tempo todo e buscando a melhor solução. Em todos os momentos, a toda hora, mas ainda não conseguia fazer nada. E o tempo foi se passando.

A devolução das provas acabou e saí da sala de aula barulhenta junto de Tamaru.

— Tchau, VetDes!

Capítulo 7

As irmãs Ozaki, que provavelmente tinham combinado de ir para casa juntas, nos ultrapassaram ao mesmo tempo. Então a mais velha, parecendo que tinha se recordado de alguma coisa, se virou de repente e espetou a barriga de Tamaru com uma presilha de cabelo.

— Agh! Que dor!
— É vingança. Pelo outro dia. Porque você me empurrou. Kakaka! — fez Ozaki, soltando uma risada que parecia a de um diabo. Então ela fugiu.

Tamaru a perseguiu furiosamente:
— Pode parar aí!

Eu, deixando o rosto no formato de um sorriso, os segui. Quando percebi, a irmã mais nova estava do meu lado com uma expressão alegre.

— Ei, VetDes. E as férias de inverno? O que você vai fazer? E na véspera de Natal? Eu tô livre.
— Eu não tô. Sou um vestibulando, então é lógico que eu vou ficar estudando. Não interessa se é Natal ou Ano-Novo.
— Ai, que chato. Aliás, se você não vai ficar desocupado, você não é um veterano desocupado! É o VetHama.
— Você acha que qualquer coisa abreviada é um apelido, né?
— Hm!

Ela, com passos bastante animados, foi descendo as escadas comigo. Espiou o meu rosto com um sorriso com covinhas fundas e disse "Toma", casualmente. Era um pirulito. Talvez, assim como a irmã mais velha, estivesse tentando me alegrar.

— Valeu. Ah, é. Esses dias atrás, eu ganhei uma bala da sua irmã.
— Qual era o sabor?
— Háááá... O que era mesmo? Uva? Acho que era uva. Era frutado. E roxo.
— Então era de uva. Sabe o meu? É de morango caramelado.

— Ah, é um combo dos melhores. Parece bom, vou provar mais tarde.

— É bom, sim. Certeza que é melhor do que uva. É bem doce. Porque...

A continuação da frase foi interrompida repentinamente. Olhei para ela, confuso, e a Ozaki mais nova estava com o olhar voltado para o longe.

— Kuramoto — ela sibilou.

Segui o olhar e Hari estava diante das sapateiras da minha turma. A Ozaki mais velha e Tamaru, que tinham ido na frente, estavam parados e também estavam olhando para a garota.

— ...Hari.

Ela, nas pontas dos pés, estava tentando colocar o saco com ohagi, bastante pesado, na minha sapateira, que ficava na fileira mais alta. Devia ter reparado em como nós estávamos a observando enquanto o fazia, porque seus movimentos pararam. Eu tive a impressão de ter visto seus olhos tremularem brilhantes sob a franja que cobria o seu rosto, desconcertados. Por alguns segundos, ela ficou parada como se tivesse congelado.

— ...

Então, com um "Pof!", colocou o saco de papel sobre o piso de madeira. Em seguida, ela tentou fugir correndo, mas eu agarrei o saco, exclamei "Hari!" e a segui. Eu logo a alcancei e dei a volta para ficar de frente para ela.

— Fica pelo menos com isso. — Estendi o saco de papel. — A tiazinha fez questão de fazer ohagis pra você.

— ...

— Eu não tenho nada a ver com a relação que você tem com a tiazinha, certo? Eu só entreguei, por pedido dela.

— ...

— O que eu vou dizer pra tiazinha se tiver que levar isto daqui de volta?

Capítulo 7

— ...É só... — Hari disse isso baixinho, sem olhar para os meus olhos. Foi uma voz fraca, que eu não ouviria se não apurasse os ouvidos, mas eu ouvi. — ...É só você dizer que morri.

— ...Há?

— E quero que você pense assim também, veterano. Eu não quero mais envolvimento com você. — Os olhos de Hari foram arregalando devagar sob os cabelos. — Você ficou falando comigo e me esperando... E eu detestava. Pare com isso.

Os olhos pretos estavam brilhando nas sombras. Tremulando, para não olhar para nada, ficaram apenas abertos ao máximo.

— Você estava me causando problemas e também me assustando. Eu detesto você, veterano. Suma, por favor. Desapareça da minha frente. Não fique onde eu possa enxergar, não exista. Vá para algum lugar em que eu não possa te ver. Não apareça nunca mais, por toda a eternidade. Se esqueça de tudo e suma. Desapareça deste mundo, some.

Eu vi como os olhos abertos ao máximo foram repentinamente fechados com força.

— ...Eu fico com vontade de morrer quando você está por perto.

Então Hari voltou a ficar com olhos bem abertos e, finalmente, olhou para mim. Nem a própria devia estar esperando que eu acreditaria em tudo que havia sido dito. Mas não consegui falar, fiquei engasgado e as palavras não saíram. Apesar de eu não acreditar no que foi dito, fiquei chocado; era como se tivesse levado um soco pesado na barriga, um soco com o peso do dia a dia em que tinha sido evitado. Achei deplorável como eu não tinha resistência nenhuma. Entretanto, mesmo assim, dei um jeito de encontrar voz:

— ...Tanto faz, eu não venho ao caso. Só leva isto daqui, por favor.

Consegui dizer isso, mas os meus lábios tremeram. Eu era fraco até o fim, fiquei com ódio de mim mesmo. As minhas mãos também estavam tremendo, mas consegui deixar o saco estendido na direção dela.

"Isso daqui é seu, Hari. Alguém que ficou vendo você comer uma coisa de que gosta fez pra você, pensando em você. É uma coisa que você precisa receber."

Eu sabia muito bem que Hari conseguia entender esse sentimento. E justamente por isso não consegui desistir, apesar da forte rejeição. Me aproximei mais um passo, mas...

— ...AAAAAAAAAAAAAAAAAAAAAAAAAAAH!

Mas Hari...

— AAAAAAAAAAAAH! AAAAAAAAAAAAAAAAAAH! AAAAAAAAAAAAAAAAAAAAAAAAAAAAAAAAAAH!

...berrou e deu um tapa para afastar o saco de papel. O saco caiu no chão com um baque e tombou para o lado. Os alunos que estavam de passagem olharam assustados para Hari.

— O que tá acontecendo? — disseram algumas pessoas, se aproximando.

Hari ainda estava berrando. Contorcendo as costas enquanto tinha a boca no formato de dizer "A", gritou, continuou gritando, arregalou os olhos, viu como eu estava estacado, bagunçou os cabelos, arranhou o rosto...

— Hari!

Eu estava esticando a mão, mas ela a afastou com um tapa forte. Me empurrou, virou as costas e saiu correndo para fora. Eu me recompus cambaleante e fiz menção de segui-la, mas...

— Não vai atrás dela, Kiyosumi! — Tamaru me segurou por trás, me contendo por baixo dos braços.

— Me solta!

— Você tem que deixar aquilo lá de lado!

Tamaru era forte e não saiu nem um pouco do lugar quando eu tentei me desvencilhar. Esperneei, mas fui segurado de novo, puxado de volta e acabamos em uma briga um tanto violenta; ainda assim, ele não me deixou ir. O meu pescoço foi apertado pela gola do casaco puxado e não consegui nem respirar direito.

Capítulo 7

— O que você tá fazendo, Kuramoto?!
Quem gritou foi a Ozaki mais nova, lágrimas escorriam pelas faces que estavam vermelhas. Franzindo o rosto na direção das costas de Hari, que se afastavam cada vez mais, bateu os pés como se estivesse fazendo birra. Se contorceu e curvou as costas como se estivesse sofrendo com um veneno, em seguida...
— Se é assim, vai morrer! — Ela expeliu o veneno, mas logo... — Não! Não, não, não, não, não, é mentira! Foi mentira! E agora...?!
A Ozaki mais nova acabou cobrindo o rosto e se agachando onde estava. Gritou soluçando com uma voz rouca chorosa, ergueu o punho e bateu várias vezes no chão.
— Por quê, Kuramoto?! Por que de novo?!
Com uma parte da mente paralisada e vazia, pensei: "Quem sabe a garota que chorou por ter sido empurrada quando foi tentar limpar o uniforme de Hari, tivesse sido ela. Ela teria feito isso."
— E eu achava que tinha te entendido um pouco...!
Hari teria escutado esse choro? Tamaru olhou para mim e murmurou "Desculpa". Eu continuava sem conseguir falar.
— Tá fazendo confusão de novo? — escutei alguém dizer. Eu achei que a frase estava se referindo a Hari, mas talvez estivesse se referindo a mim. A possibilidade não era nula.
A Ozaki mais nova, chorando, estava agarrada à mais velha, que tinha se agachado ao lado dela.
— Ei, será que eu sou uma idiota...?!
A mais velha, acariciando as costas da mais nova, disse:
— A idiota não é você. — Então completou: — Não é? — E se virou para mim.
Eu, sem conseguir dar uma resposta, peguei o saco de papel de ohagi que tinha sido derrubado por Hari. Fiquei um pouco em dúvida sobre o que fazer e...
— Isso daqui é ohagi... Será que você pode ficar com ele?

Eu o estendi na direção da Ozaki mais velha. Senti culpa em relação à tiazinha, mas não queria levar o saco de volta, passar na frente da loja dela e ser visto depois de não ter conseguido entregá-lo. Não queria contar que, mais uma vez, Hari não tinha comido o doce.

— Eu fico. — Ozaki pegou o ohagi e depois chamou sua irmã: — Por enquanto, só levanta. — A ajudando a se levantar, olhou para mim de novo. — Ei, Hamada.

Suas sobrancelhas eram arqueadas e bonitas, os lábios estavam brilhando com um gloss perolado. O olhar, por algum motivo, era soberbo. Ozaki era sempre controlada, e só falava o que estava com vontade de falar. No passado, eu secretamente a admirava, mas isso já era uma história antiga.

— Você não é desocupado a ponto de conseguir ficar se envolvendo com "aquilo lá". Tem outras coisas pra fazer e tem outras pessoas que se atentam a você, Hamada. Kiyosumi Hamada não é desocupado. É o que eu acho.

— ...Acho que é a primeira vez que você fala tanto comigo.

— E é só.

— Só? Mudando de assunto, come o ohagi ainda hoje, tá? Porque é caseiro, foi feito por alguém da vizinhança onde eu moro.

— Uhum.

— ...Ei. Então vamos. Eu vou tomar um shake — disse Tamaru.

— Eu também. Mas e o horário do cursinho?

— Ah, acho que vou dar uma atrasada hoje. Porque é como se fosse uma comemoração de encerramento.

Nós dois fingimos estar animados e trocamos um pequeno toque com o punho.

Apesar de ter saído pelos portões da escola rindo com um amigo, a sombra sobre a minha cabeça não desapareceu. O nosso óvni conseguia nos torturar desse jeito, também.

Capítulo 7

Depois da "comemoração de encerramento" com shake e hambúrguer, me separei de Tamaru, que iria para o cursinho, na frente da estação, mas não fui direto para casa.

Eram 14h30. Fui na direção da área pantanosa com árvores, onde deveria ficar a casa de Hari, andando sem parar pela rua solitária. Passei do cruzamento em que tínhamos nos separado depois de andarmos juntos, continuei pela rua por que havia passado no carro da minha mãe e também passei do ponto em que o pai de Hari tinha surgido.

A rua com plantações dos dois lados foi ficando ainda mais estreita até finalmente essas plantações se tornarem propriedades agrícolas abandonadas. A paisagem era muito deserta, apenas pessoas da vizinhança deviam passar por ali e, mesmo quando passavam, deviam fazê-lo de carro. Não havia ninguém a pé além de mim.

Por vezes, eu via casas aqui e ali. Nenhuma delas tinha jardim e eram casas simples, do tipo que eram vendidas prontas com a propriedade e se vê bastante ultimamente. Ficavam bem afastadas umas das outras. Grama seca de comprimentos espantosos estava largada para todo lado. Pelo visto, não havia pessoas por ali que a usavam.

Eu fui lendo as placas das casas a cada vez que via uma, mas nenhuma delas era da família Kuramoto. Ao mesmo tempo que ficava decepcionado por não ser a casa dos Kuramoto, também ficava um pouco aliviado.

O que eu pretendia fazer indo até a casa de Hari? O que pretendia dizer? Eu mesmo não sabia direito. E, sem saber, tinha chegado até ali absorto, como se tivesse sido guiado por alguma coisa.

"...Só sei que não tem como deixar as coisas desse jeito. De jeito nenhum."

Como que incentivado por algo, continuei andando. A tarde era curta no inverno e o sol já estava baixando amarelo. O vento seco estava soprando forte e o matagal, visível ao longe, estava com o contorno escuro tremulando. Estava tremendo, parecendo um ser vivo gigantesco.

A casa dos Kuramoto ficava na parte mais funda do bairro solitário. Seu aspecto era praticamente igual ao de todas as outras casas que tinha visto até então. Ficava de frente para um matagal denso, que cercava um pântano. Era discreta, como se quisesse se esconder nas sombras das árvores frondosas. Não havia uma placa de identificação, mas estava escrito "Kuramoto" diretamente na caixa de correio com algo que parecia ser canetinha.

Era uma casa simples com formato de caixa, de coloração que poderia ser tanto rosa quanto bege. Pelo que eu estava enxergando, as poucas janelas estavam todas com as venezianas fechadas. Havia uma pequena garagem ao lado da casa, porém estava fechada e eu não conseguia saber se havia um carro em seu interior.

Temeroso, apertei a campainha. O botão com o desenho de uma nota musical era estranhamente leve ao aperto. Não houve som nenhum do lado de dentro, ninguém apareceu. Tentei apertar algumas vezes, porém o resultado foi o mesmo. Hari não estava em casa? Ou a campainha estava quebrada e não estava produzindo som?

— Hari! — tentei chamar de fora. — Hari, você não tá aí?! Hari! — chamei-a gritando e bati na porta algumas vezes.

Enquanto fazia isso, me lembrei naturalmente do dia frio congelante em que fui àquele banheiro. Naquela vez, eu também tinha batido várias vezes na porta, exclamando. Hari não havia me respondido e eu não soube o que estava acontecendo até resolver espiar o lado de dentro. Mesmo quando estava a apenas uma porta de distância, Hari não chorou ou gritou. Simplesmente ficou contendo a voz desesperadamente, tremendo sozinha por conta do frio. Até quando ela tinha pretendido ficar daquele jeito? Pretendia chamar ajuda só depois de o uniforme secar?

— Hari!

Capítulo 7

Mas a situação agora não era completamente igual àquela. Não havia ninguém que colocaria um cadeado na porta da casa dela. Como não havia resposta depois de tanto chamar, Hari não devia estar presente. Eu teria de me dar por satisfeito.

Fui voltando pela rua por que vim, ligeiramente inconformado. "Se ela não voltou pra casa, onde é que tá?" Eu, idiota, acabei imaginei Hari presa de novo naquele banheiro. Não achava que era possível, mas uma vez imaginado, não consegui apagar a imaginação. As minhas pernas começaram a ir na direção do banheiro.

Eu cheguei ao campo de atletismo municipal depois de andar bastante, passei pelas árvores e fui para o banheiro público. Havia duas alunas da minha escola no banheiro feminino, postadas na frente do espelho com necessaires enfileiradas e conversando alto. Eu não pude ficar espiando fixamente. Fingi que estava indo ao banheiro masculino e, de soslaio, olhei para o depósito de material de limpeza. Não estava trancado. Hari não estava presa. Eu continuei inquieto, mas não consegui pensar em outro lugar para procurar. Sem opções, tomei o caminho para casa.

Enquanto andava, acabei pensando naquele dia, quando Hari estava presa no banheiro... A chave tinha sido jogada dentro do depósito, as luzes tinham sido apagadas e haviam deixado um cone informando limpeza, porém seria impossível que ninguém da escola tivesse ido lá. Algumas pessoas deviam ter visto a situação, mas entrado para ter certeza de que estava fora de uso. Era impossível que ninguém tivesse aparecido no banheiro por várias horas.

Hari só precisava ter exclamado; se tivesse gritado "Socorro!", alguém teria aparecido. Então bastaria ela ter entregado a chave por cima ou por baixo da porta e pedido para destrancar o cadeado. Do jeito que conseguia gritar, teria até conseguido chamar alguém do lado de fora do banheiro.

As pessoas que tinham feito aquilo com ela não tiveram a intenção de realmente congelá-la até a morte, deixando-a presa por várias horas.

Deviam ter pensado que Hari choraria e gritaria por ajuda. Queriam que ela passasse vergonha e só. Se queriam que morresse congelada, não teriam deixado a chave com a própria. A teriam jogado fora.

Mas Hari não tinha conseguido pedir ajuda, essa função dela estava quebrada. E nenhuma das pessoas que a haviam prendido sabia disso.

"...A Hari não consegue pedir ajuda por causa do óvni."

Ela havia sido capturada, perdido a liberdade, sido obrigada a resistir de respiração presa e, dado momento, tinha se acostumado a isso.

"Você acreditou em mim porque eu pareci um herói, não é isso?"

Naquele dia, Hari havia entregado a chave para mim, havia demonstrado que queria sair de onde estava, havia confiado que eu conseguiria fazer alguma coisa.

"Vai, lembra."

Enquanto movia as pernas, prendi a respiração em silêncio. Independentemente do que Hari estivesse tentando esconder, eu poderia me lembrar quantas vezes precisasse daquele momento, do momento em que ela tinha entregado a chave para mim.

Hari tinha confiado em mim, e eu tinha ficado feliz. Com a confiança dela, havia achado que até conseguiria me transformar, havia achado que conseguiria me tornar aquilo em que ela acreditava. Ou melhor, foi o que eu quis fazer. Era o que eu queria fazer. Continuava querendo, e era simplesmente assim. Eu queria responder ao chamado de Hari.

"Presta atenção e ouve."

Tinha certeza de que ela, mais uma vez, estava escondida e me chamando. Tinha de sintonizar as nossas frequências, procurando-a de canal aberto. Era como funcionava: eu era feito para escutar o chamado de Hari, não importando onde estivesse. Conseguiria ouvi-la independentemente do quanto estivesse quebrada. Eu havia me tornado uma criatura assim depois de conhecê-la.

Capítulo 7

Expirei nos ares frios. A minha respiração se estendeu à frente, densa e branca. Cobriu o meu rosto por eu estar andando. A minha mão direita ainda se lembrava do peso da chave entregada naquele dia.

Eu até poderia parar agora, mas não foi a escolha que tomei. Não pararia de me intrometer no mundo de Hari usando apenas a minha pessoa. Não me importava de ser rejeitado, eu não ficaria magoado.

Através da respiração branca sendo apagada pelos ventos, olhei para os céus com um óvni.

— ...Fica vendo.

Eu o derrubaria de todo jeito.

*

Na manhã do dia seguinte, quando haveria a cerimônia de encerramento de período letivo, Hari mais uma vez não apareceu no cruzamento. Eu não fiquei especialmente espantado, porém, quando fui ver a sapateira dela, não havia mocassins lá. Depois de a cerimônia acabar, fiquei sabendo que Hari havia faltado. Foi a irmã mais nova de Ozaki que me informou; a coitada ainda estava com os olhos inchados.

Quando consegui escapar do turbilhão de alunos voltando do ginásio esportivo para suas respectivas salas de aula e fui para o canto do patamar das escadas, a irmã de Ozaki me encontrou no meio da bagunça. Ela fez questão de me seguir e me chamar.

— Sobre ontem. Eu contei. Pra coordenadora.

— E o que ela disse?

— Ficou em dúvida. E só pra você saber: a Kuramoto faltou porque tá doente. Mas, então. Tem boletim escolar e coisa assim, não tem? Parece que ela vai na casa da Kuramoto. Porque quer entregar.

— Ah, tá...

— E sabe os ohagis? Estavam bons demais.
— Opa, fico feliz. Parecia que tinha bastante. Conseguiram comer tudo?
— Uhum. Tinha muito. Engordei na hora. Ah, é, veterano desocupado. Quero dizer, veterano Hama.

A irmã de Ozaki esticou a mão de repente e tocou no brasão da escola do meu uniforme.

— Quero reservar.
— Hum? O quê?
— Isto. O brasão. Não dá pra Kuramoto. Dá pra mim. Na hora da formatura.

Por um tempo, não entendi o que ela estava querendo dizer e acabei inclinando a cabeça.

— E é só!

Sacudindo a barra da saia curta, a irmã de Ozaki se virou e fez menção de subir as escadas. Mas se virou de repente e disse:

— Ah, é, tinha esquecido! Boa sorte! No vestibular! Força!

Ela acenou para mim de forma ritmada, como se fosse uma líder de torcida.

— Em dois anos! Eu vou! Pro mesmo lugar! Tá bom?! — acrescentou e riu. Só então subiu as escadas, deixando o lugar antes de mim.

Quando voltei para a sala de aula barulhenta, perguntei para uma garota que não era Ozaki:

— Você tem vontade de ter o brasão de um cara?
— Depende do cara — foi a resposta.
— Mas depende do quê?
— Não é óbvio? Tem que ser um veterano de que você gosta[24].
— Ugh — eu fiz ao me engasgar. Não consegui dizer nada.

---

24. Entregar o brasão costurado ao uniforme escolar a uma outra pessoa é uma variação de um costume antigo entre alunos japoneses de garotos entregarem o segundo botão do uniforme (aquele mais próximo ao coração) a garotas quando havia sentimento de afeto (por uma das partes ou de ambas).

Capítulo 7

— O que foi? — estranhou a garota.

Fiquei confuso e também puramente feliz e espantado. Toda a sorte de emoções vívidas foi liberada com força no fundo do meu peito, fiquei tonto. Toda essa intensidade tinha sido dada pela irmã mais nova de Ozaki. Mas que poder... Por que ela tinha dado algo tão rico para alguém como eu?

Ao mesmo tempo, porém, eu fiquei chocado com uma perspectiva totalmente diferente. Formaturas, brasões, ano seguinte... ou melhor, até mesmo o vestibular, que viria antes... Eu tinha o pressentimento de que não teria o dia a dia futuro que supostamente deveria ter. E achei, também, que Hari não estaria presente.

Eu não sabia o porquê. Mas, da mesma forma que hambúrgueres bons pareciam bons, equações enfileiradas pareciam complicadas e chás fumegando pareciam quentes... "Eu não vou ter isso. E Hari também não." O sentimento era claro.

— Ei, Kiyosumi! Deixa eu ver o seu boletim! Eu te mostro o meu também!

— ...Ah, aham — respondi sorrindo para Tamaru e reparei em como já estava sentindo nostalgia até de um amigo com que sempre andava. Sendo que tínhamos rido, dizendo que ficaríamos velhos juntos, ainda recentemente. Por que eu só tinha sensações de que tudo acabaria?

— Opa! Uhuuu! Eu fui melhor do que você nos resultados gerais! Ganhei! Apesar de só ter duas pessoas entre a gente no colocado.

— Nossa, é verdade. Agh! De todo jeito, perder não é legal. Droga, eu era o melhor até o meio do período.

— E a minha média tá um pouco melhor do que a sua! Yaaay!

— Ai, ai. É isso que me acontece bem no final da minha vida escolar?

— Nãããooo, a luta só começou. Ainda tem a faculdade, a carreira profissional e, se você for pensar, pode ter até provas pra conseguir qualificações.

— Não vou ter descanso, né?

Todas as palavras ditas pareciam um desperdício. Tinha a impressão de que não eram o que eu queria falar de verdade. Devia haver outras coisas para se falar no tempo limitado que tínhamos.

— ...Ei, Tamaru.

— Hm?

— Então. Eu...

— O quê?

— Eu...

Quanto mais ficava ansioso, mais ficava sem saber o que dizer. Eu, sentado na frente do meu grande amigo, fitando o sorriso que já era nostálgico, não consegui falar direito até o fim.

8

No final da tarde, a minha mãe estava se preparando para sair. Ela trabalharia no turno que era chamado de "meio período noturno" e retornaria tarde da noite.

— Talvez eu vá voltar só depois das duas. Deixei a janta pronta, vê se esquenta antes de comer. Tome cuidado quando for usar fogo. E tudo bem ficar estudando, mas durma no máximo a uma, tudo bem?

— Tá, tá. Toma cuidado na direção. E sobre amanhã...

— Eu sei. É claro que eu não esqueci. Estou indo, então.

— Tchau.

O som do motor do carro passou diante de casa e foi se afastando. Assim que cheguei da cerimônia de encerramento, eu pedi para a minha mãe ligar algumas vezes para a escola. Eu quis que alguém na posição de guardiã falasse com a professora coordenadora da turma de Hari. Ela não poderia dizer "O pai dela é suspeito!", mas poderia dizer, do ponto de vista de uma adulta, que havia algo que tinha lhe chamado a atenção a respeito da avó de Hari. Eu queria que, assim, a coordenadora verificasse bem a situação familiar de Hari.

Entretanto, inconvenientemente, a coordenadora esteve ausente por todo o tempo. Quem sabe já tivesse saído da escola e ido para a casa dos Kuramoto. Deixamos um recado, pedindo para ela entrar em contato assim que retornasse, mas, no fim, não tinha ligado até então.

A minha mãe disse que ligaria de novo amanhã. Mesmo quando começassem as férias de inverno, a escola não entraria de férias integralmente de imediato.

Sozinho no quarto silencioso, eu fiquei virando inquietamente as páginas do livro com questões de referência. Os meus olhos não estavam lendo nada. Eu apenas estava virando as folhas do maço grosso de papel com as pontas dos dedos.

Eu deveria ter encontrado a coordenadora de Hari logo após a cerimônia de encerramento. Se tivesse feito isso, teria conseguido falar diretamente com ela a respeito da estranheza da família de Hari. Contudo, nessa hora, não tinha conseguido entrar na sala dos professores porque estavam para ter uma reunião.

"E se eu for na casa da Hari outra vez?"

Eu acabaria dando de cara com a coordenadora? Não queria tirar a oportunidade de Hari de conversar direito com a professora.

"Só que é uma professora que não inspira muita confiança…"

Imaginei a professora coordenadora de frente para o pai de Hari. Ela conseguiria reparar em como ele era estranho? Usaria a intuição, como a minha mãe, e enxergaria a verdade?

Quanto mais eu pensava, mais ficava arrependido de não ter conseguido informar a coordenadora sobre a avó. Fiquei com a impressão de que tinha cometido um erro fatal. Na minha cabeça, aparecia somente uma Hari de costas. As costas pequenas andavam sozinhas por uma rua escura e se afastavam cada vez mais de mim. Foram engolidas pelas trevas e sumiram de vista.

Senti um calafrio de repente e fiquei com o corpo inteiro arrepiado. O mau pressentimento bastante nítido que senti quando estava indo embora da escola veio à tona de novo. Fiquei com vontade de vomitar.

Eu tinha ficado com problemas psicológicos? Não conseguia dormir de noite e ficava distraído nos estudos. Ultimamente, eu não tinha nem apetite. Estava assim desde que tinha visto as marcas de dedos no pulso de Hari. Além disso, ficava inquieto o tempo todo,

Capítulo 8

apesar de claramente não estar chegando a lugar algum. Embora a determinação de querer ajudá-la fosse bonita, não estava conseguindo fazer nada no fim das contas. Independentemente do que estivesse fazendo, pensava "Não é hora pra isso". Não era hora para eu ficar vivendo.

"...E agora? Preciso ajudar a Hari logo... E agora? E agora...?"

O outro lado da janela já estava totalmente escuro e o meu rosto, refletido no vidro embaçado, parecia o de um zumbi. Fiquei desgostoso e abri a janela para ventilar o quarto. E foi nessa hora que... Vi a sombra de alguém de pé na rua, sozinho. No mesmo lugar para que tinha apertado os olhos uma certa manhã, achando que era Hari.

A cabeça da sombra muito escura era pontuda. Seria a silhueta de um capuz bem puxado? Eu não conseguia ver nada do rosto. Quem seria a pessoa? De onde eu estava, não conseguia saber nem sequer se era um homem ou uma mulher.

— ...É você, Hari?!

Quando eu tomei coragem e a chamei, tive a impressão de que a figura assentiu discretamente. Senti fortes arrepios em vez de ficar feliz por tê-la encontrado. Hari... O meu corpo começou a tremer naturalmente. O que ela estava fazendo ali? Desde quando estava lá? O que estava fazendo, nesse escuro, no meio do frio?

— Entra logo!

— ...Veterano! — A voz que respondeu foi de Hari. Mas estava muito rouca, tremendo mais do que eu. — E-entro, sim. Então será que você poderia desligar as luzes um pouco?!

— Há?!

— Por favor!

— ...Tá, entendi! Vem logo!

Eu não tinha entendido o porquê, mas a obedeci e desliguei todas as luzes da casa antes de abrir a porta da entrada. Da escuridão do outro lado, surgiu uma silhueta ainda mais escura.

— ...Me desculpe. Eu sei que você está ocupado com os estudos... — A sombra falava com a voz de Hari e batia os dentes.

— Desde quando você tava ali?!

— H-há algum tempo. H-hm... Ontem... eu... disse aquilo... e... você não precisa... me perdoar... de verdade... É normal que vá me odiar...

— Isso não interessa agora! Só entra!

— ...M-mas tem uma coisa que eu preciso falar de todo jeito para você, veterano...

A sombra que falava com a voz de Hari não estava passando da porta. Parada de pé, respirou algumas vezes.

— Você está correndo perigo — ela alertou. — Fuja, por favor, com a sua mãe.

— ...Há?

— Deve estar achando que eu sou louca por dizer uma coisa dessas de repente. Mas é a verdade. Aqui é perigoso, fuja, rápido.

— Mas o que é perigoso?

— O óvni.

— ...Óv...ni...

— Isso, ele quer começar um ataque.

— ...Espera aí. Isso daí... Desculpa, eu vou ter que falar.

Eu joguei fora todas as dúvidas e, por fim, disse aquilo que tinha em mente fazia muito tempo:

— É o seu pai, não é?

Hari não respondeu. Sem negar ou concordar, ficou sendo apenas uma sombra pintada na escuridão total. Ficou somente arfando.

— Como assim "perigo"? Que ataque?

— N-não interessa o que isso significa. O importante é que você tem que fugir. Acredite no que estou dizendo, por favor. Estou falando a verdade. É perigoso continuar aqui.

— É melhor eu ligar pra polícia ou coisa assim?

Capítulo 8

— Não, você não pode! — Hari quase berrou, ficando com a voz alta e aguda de repente. — Eu só quero que você fuja daqui! Pense no que vai fazer depois que já tiver fugido. Onde está a sua mãe agora?

— No trabalho, ela só vai voltar de madrugada.

— É mesmo...? Mas acho que é melhor que esteja no hospital. Você consegue avisar a sua mãe para não voltar? Ah. O telefone... Sim, ligue para ela. Para o hospital.

— Por que você mentiu?

— Você pode ligar de fora. Primeiro, fuja.

— Ei, por que você mentiu? Você e também o seu pai. Você sabe que a minha mãe trabalha no hospital municipal, né? Ela ia descobrir na hora se a sua avó tá lá ou não.

— É perigoso. Rápido.

— Além disso, e aquilo que aconteceu ontem? O que foi aquela atitude? Eu não ia acreditar naquilo. Você foi obrigada a falar aquilo lá? O seu pai te mandou dizer aquilo pra mim? Foi isso? Quis te afastar das pessoas que se preocupam com você?

— Você está, mesmo, correndo perigo. Por favor, só fuja. Só saia daqui. Rápido.

— Você tem que me responder primeiro!

— Fuja!

"Blam!", fez o interruptor da entrada quando Hari bateu nele com violência. Eu fiquei assustado com o barulho, com a brutalidade e com a luz que se acendeu de repente e fechei os olhos por um segundo. Então...

— ...Ha-...

Abri os olhos...

— O meu pai é perigoso!

E vi.

— Fuja, por favor! Você e a sua mãe vão ser atacados!

Eu vi, pela primeira vez na vida, uma garota tão destruída.

— É culpa minha! Me desculpe! Eu acabei dizendo para o meu pai que a sua mãe trabalha no hospital municipal! Ele soube que repararam na mentira dele e ficou muito confuso! Eu não sei o que ele pode acabar fazendo e... Ah. Mas...
— Hari.
— Você consegue ter uma ideia... depois de me olhar...?
— Espera um pouco...
— Não se preocupe comigo.
— ...Espera...
— Vou dar um jeito sozinha.
— Espera aí...
— Fuja, veterano.
— Espera, por favor...! Espera aí! Tô te dizendo... pra...
Estiquei a mão e afastei o capuz. Quis tocar no rosto de Hari, mas fiquei com medo e parei alguns centímetros antes. As minhas mãos acabaram ficando paradas, mas Hari usou as mãos dela para encostá-las no próprio rosto. Tive as mãos empurradas com força contra ela e nós dois prendemos a respiração por um tempo. A face de Hari, sob a palma das minhas mãos, estava gelada, parecia morta. Parecia que eu tinha agarrado um crânio exposto. Eu não precisava nem perguntar o que tinham feito com ela.

Alguns dos dedos dela estavam tremendo e não dobravam, metade do rosto estava muito inchado, da pálpebra até a bochecha, e um dos olhos não estava aberto. Sob os olhos, havia hematomas negros que lembravam olheiras, os lábios estavam rasgados e inchados, deixando-os tortos, parecia ter dificuldades até para respirar. O formato do rosto e a cor da pele de Hari haviam mudado muito em relação ao que eram antes. Os cabelos que antes eram compridos tinham sido grosseiramente cortados acima das orelhas e o pouco que não tinha sido cortado estava pendendo em um feixe longo, balançando sob o peito. O nariz, a boca e os lóbulos das orelhas estavam com marcas de sangue seco.

Capítulo 8

Como ela, nesse estado, tinha conseguido ir por todo aquele caminho até minha casa? Quando prestei atenção, vi que estava apenas usando um casaco com capuz sobre uma calça fina que parecia ser de pijama e estava usando chinelos em pés descalços. O casaco não estava fechado direito e, embaixo, estava usando apenas uma regata. Toda a pele visível estava coberta por cortes, arranhões e hematomas. A coloração era o de um buquê de flores. Azul, vermelho, roxo, amarelo, rosa, laranja... Era como se Hari estivesse inteiramente coberta por várias flores muito coloridas.

— ...Você tá bem? — Assim que perguntei, pensei "Como eu sou idiota". — Mas é claro que você não tá bem. Tá doendo, né?

Hari lambeu o lábio inferior, que estava escuro e inchado, e assentiu devagar, ainda empurrando as minhas mãos no seu rosto. Mesmo do jeito que estava, não chorava e tinha olhos calmos que chegavam a ser espantosos. Estava me olhando fixamente.

— Se desse, eu ficava no seu lugar. Seria tão bom se eu pudesse ficar com a sua dor e com as coisas de que você não gosta. Eu não ia ligar nem se precisasse sofrer várias vezes mais... Mas o mundo não é assim.

— Mas eu não quero que isso aconteça.

Olhando para a parte mais profunda dos olhos de Hari, respirei fundo várias vezes. E os olhos dela, estranhamente, pareceram se contrair e se expandir seguindo a minha respiração. Enviei para Hari tudo em que estava pensando. Esqueci até de mim mesmo e enviei tudo para ela. Sim, era isso. Eu não tinha tempo para ficar chocado e fazer alarde, gritando e chorando. Havia algo que eu precisava fazer.

Hari esboçou um leve sorriso de um dos lados do rosto e disse baixo:

— Talvez o meu pai esteja querendo matar você e a sua mãe.

— ...Eu queria dizer "não é possível", mas... — Não fiquei mais abalado. — Deve ser — eu respondi, assentindo.

Ainda não sabia de nada sobre o pai de Hari, porém alguém que conseguia torturar tanto a própria filha conseguiria matar com facilidade a minha mãe e eu.

— Parece que, para não gerar suspeitas, vai trabalhar normalmente na empresa e, depois, vir para a sua casa. Ele me perguntou o seu endereço e eu menti. Disse um endereço que não existe.

Por que Hari tinha contado qual era a profissão da minha mãe e, por mais que tivesse mentido, o nosso endereço? A resposta estava gravada no corpo dela.

— Vai ser ruim se ele descobrir que você mentiu.

— Sim, vai ser. Muito. Aliás, ele vai descobrir. E o endereço real também vai ser descoberto, cedo ou tarde. É por isso que eu quero que você fuja. Agora!

— Se eu fugir, o que você vai fazer?

— Vou voltar para casa. A verdade é que estava presa lá. E não pense "De novo?!", por favor. Fui trancada no quarto, mas sei que você foi lá em casa ontem. Eu estava vendo pela fresta da janela... E fiquei feliz, muito obrigada. Você foi lá depois de eu ter dito coisas cruéis.

Me recordei do dia anterior.

— Eu devia ter entrado.

Foi tudo que consegui falar. Estava com vontade de vomitar essas palavras com sangue e desgosto. Eu deveria ter forçado a minha entrada, deveria ter quebrado a porta ou a janela. Por que eu não tinha feito isso? Por que não era possível voltar no tempo? Por que eu não tinha chegado a tempo? Por que não tinha conseguido salvar Hari antes que ficasse desse jeito?

— Não, foi bom não ter entrado. Naquela hora, o meu pai também estava em casa. Como eu não estava querendo dizer o seu endereço, ele faltou no trabalho, fingindo estar doente, para tirar de mim informações sobre você. Fico aliviada que não tenha entrado. Eu tinha prometido cortar relações com você... mas então o meu pai viu como você foi lá em casa e ficou furioso. Eu vou tentar voltar para casa e fingir que não saí.

Sem dizer nada sobre a ideia de Hari, me concentrei somente em me manter calmo.

Capítulo 8

— Mas como foi que você saiu pra vir até aqui?
— Eu pulei da janela, na direção de uma moita.
— Você conseguiu sair sozinha? Depois de eu não te ajudar? E aí, você veio ajudar a minha mãe e eu.
— Sim.
— É mesmo...?
Fingi assentir com veemência e usei o ombro para enxugar com rapidez as lágrimas que resolveram passar dos limites e vir à tona. Não era hora para chorar. Inspirei e me obriguei a, com o rosto franzido, sorrir.
— ...Nossa! Você é forte pra caramba!
Apertei suavemente as faces de Hari com as mãos que cobriam seu rosto.
— ...Hehehe...
Apesar da situação, ela ficou com olhos felizes e brilhantes e me deixou segurá-la.
— Obrigado por ter vindo me salvar. De verdade. Obrigado.
— Imagine... Comparado ao que fez por mim, isso não é nada. Bem, agora, fuja daqui, por favor.
— Só que pensei numa coisa. Eu não posso deixar você voltar pra sua casa.
Os olhos sob as pálpebras inchadas de Hari tremeram e pararam de se mexer.
— É óbvio que eu não posso deixar.
— Há? — fizeram os lábios com marca de sangue, tremendo.
— Não vou deixar, nunca mais, que alguém te machuque.
— ...Você não pode se envolver ainda mais com a minha família. Você tem um futuro, veterano.
— Agora, sou eu que vou te proteger.
— Sei que você tem pena de mim, mas...
— Não é pena.
— Eu sei que não deveria dizer para você não ficar com pena, depois de aparecer tão acabada, mas...

— Você é importante e pronto.

— ...Você é gentil demais, veterano. É por isso que não consegue deixar de lado uma coitada como eu... Mas deixe, por favor, estou te pedindo.

— Se eu deixar você aqui, qualquer lugar vai parecer um inferno. Tudo vai ser uma merda.

Hari tentou recuar, mas eu não soltei o rosto dela. O deixei prensado entre as minhas mãos, de forma que não doesse, mas com força.

— Você é bonita, Hari.

A frase foi estúpida, mas eu estava sendo sincero. No começo, tinha achado o seu nome bonito. E logo reparei em como o seu coração também era. Depois, achei suas expressões e aparência bonitas e achei tudo que tinha relações com ela bonito. Agora, queria ficar olhando-a o tempo todo, queria apenas que ficasse sorrindo feliz.

— ...Claro... que não. Você só está com pena de uma coitada. Porque veja. Veja como eu sou. Estou muito suja.

— Você é bonita.

— Vo-você está me enxergando...? Eu fiquei assim. Não dá. Não consigo mais me esforçar. Eu já morri...

— Não morreu, de jeito nenhum. — Busquei palavras gemendo. Hari era bonita. Não tinha morrido. Agora, ela era como... — Um buquê de flores. — Eu estava conseguindo sorrir? Esperava que sim. Esperava que estivesse conseguindo transmitir a felicidade e a alegria de a ter conhecido.

— ...Há?

— Desde que você chegou, estou te olhando e pensando "Parece que tá usando um vestido de flores". Aqui, aqui... Tudo.

A toquei com a ponta do dedo na pálpebra, nos lábios, no pescoço, na clavícula, de uma maneira que não doesse, com toda a gentileza que tinha.

— Eu nunca mais vou encontrar alguma coisa tão bonita. Aliás, eu não preciso encontrar. Tá tudo bem, só você já é o suficiente.

Capítulo 8

Pra mim, ter te conhecido é uma felicidade muito, muito, muito grande. A maior de todas, fora de série. Um milagre enorme impossível.
— ...Flores? Um milagre?
Assenti.
— Um milagre enorme!
— Eu?
— Isso.
— ...Mas... é isso que quer...?
— É assim que precisa ser.
Eu queria que Hari ficasse brilhando reluzente no meio de uma tempestade de grandes flores desabrochadas, no meio do meu mundo. Queria que brilhasse ao máximo, sob muita luz ofuscante.
— Então presta atenção.
Ergui o dedo indicador diante dos olhos de Hari. Apontei para os céus. "Fica vendo", isso era uma declaração de guerra para um desafiante.
— A gente vai derrubar o óvni. A gente vai, agora, juntos, ir derrubar ele. Vai destruir ele em pedaços, somos heróis.
— ...Eu também?
— Claro.
— ...Se-será que eu vou conseguir...? Alguém como eu vai conseguir?
— Você já conseguiu faz tempo.
— ...Você acredita que eu também tenho forças para lutar?
— Óbvio. É claro que acredito em você. E é por isso que a gente não vai deixar um inimigo do mal escapar. Eu vou lutar por você, então luta por mim, por favor. E a gente vai, de todo jeito... Já sabe o que eu vou dizer, né?
— ...Nós, heróis... — Hari, como eu, apontou para o alto. — Ná...não vamos perder! De jeito nenhum!
Hari, que parecia estar mantendo a calma por pouco, desabou no chão de repente. Se encolheu na entrada e começou a chorar como se os céus tivessem rasgado e deixado cair uma chuva sobre a terra.

Eu ergui o corpo dela, envolvendo-a com os braços, e a abracei com força sobre os joelhos. O meu ombro logo ficou encharcado e quente. Ela estava se esforçando para tentar falar enquanto chorava.

— A minha avó... A minha avó... — repetiu.

Eu encostei a bochecha na bochecha que dizia isso para não deixar nenhuma palavra escapar.

*

O pai de Hari precisava mentir e dizer que a avó dela estava internada. E, quando alguém descobria a mentira, precisava matar... Precisava matar a minha mãe e eu. Ou seja, a mentira "A avó de Hari estava internada" era uma fraqueza do pai dela. Havia, aí, uma verdade que ele não queria que fosse revelada.

Nós precisávamos obter provas que expusessem essa fraqueza. Essa era a arma para derrubar o óvni. Se Hari, ferida, fosse para a polícia e dissesse que foi obra do seu pai, ele seria preso. Mas não poderia ser assim, eu tinha um motivo para pensar desse jeito.

Não tínhamos tempo para enrolar. Depois de ouvir Hari, eu logo comecei a pensar. Olhei para o relógio e já tinha passado das cinco horas. O pai dela sempre saía do trabalho antes das sete. Após sair, iria para o endereço dito por Hari e fatalmente repararia na mentira dela. Era difícil prever onde e que tipo de destruição causaria um óvni furioso.

Não poderíamos deixá-lo escapar. Precisávamos pegá-lo de guarda baixa. O tempo-limite era até a mentira de Hari ser descoberta.

*

Tamaru apareceu na frente de casa em menos de vinte minutos desde que eu tinha entrado em contato.

— Que frio! Aff, droga! O meu nariz não para de escorrer!

Capítulo 8

Ainda com o capacete que tinha pintado pessoalmente de azul-metálico, estava pressionando, com a mão enluvada, o nariz muito vermelho que escorria.

— Desculpa! Desculpa de verdade! Você tá me salvando!

— Tá tudo bem, serviu pra eu me distrair. Mas por que é que você quis isto daqui de repente? Por que você precisa de um bote no meio do inverno de noite? Não faz sentido nenhum.

— Você trouxe a bomba, também?

— Aham, tá aí. Espera um pouco. Vou desamarrar.

Tamaru chutou o apoio da moto pequena, desceu e me entregou a caixa de papelão que tinha amarrado na traseira. O que ele tinha trazido era uma boia de PVC com formato de bote. No verão do ano passado, tínhamos ido à praia e comprado esse bote juntos. O sol intenso daquelas férias de verão, em que fomos encharcados por ondas salgadas e gargalhamos, parecia distante como se tivesse acontecido em outra vida.

Hari e eu precisávamos de algo em que pudéssemos entrar e flutuasse na água. Apesar de eu ter me lembrado de imediato da boia que estava na casa de Tamaru, levaria quase uma hora se fosse ir e voltar de lá de trem. Eu fiquei em dúvida, mas liguei para ele, pronto para receber uma recusa, e disse "Você ainda tem aquela boia, né? Eu precisava dela agora, de qualquer jeito". Tamaru respondeu "Hein? Por quê?" e me perguntou o motivo insistentemente, porém, no fim das contas, trouxe a boia até a minha casa de moto. Pelo visto, o irmão mais velho dele tinha saído de carro fazia pouco tempo; Tamaru falou "Vou aproveitar essa oportunidade pra pegar a minibike do meu irmão emprestada, escondido. Até porque vou esquecer como pilota ela se não pilotar de vez em quando". Então veio muito rápido.

— Eu vou querer tirar habilitação de carro o quanto antes. Minibikes são legais, mas é frio demais.

— Você tem que ir pra autoescola assim que terminar o vestibular.

— Não é? Bom, tô indo. O meu irmão vai me matar se descobrir que eu usei a moto dele sem pedir.

— Toma cuidado, não vai cair.

— Não sou tão desengonçado. Mas, sério... Pra que você vai usar uma boia?

— Eu te explico depois. Desculpa, é que eu tô sem tempo agora.

— ...Isso não tem a ver com a Kuramoto, tem?

Hari estava aguardando no meu quarto. Talvez estivesse nos observando da janela.

— Não.

— Se for, eu vou me arrepender de ter te ajudado. Não se envolve mais com ela, tá?

— Tô dizendo que não é isso.

— Sério mesmo, a Hari Kuramoto não é normal. No começo, eu também fiquei com dó dela porque tava sofrendo bullying e tudo mais, mas não é essa a questão... Eu não sei explicar, mas... acho que não é só isso. Que as coisas podem terminar ruins. Ela tá escondendo alguma coisa. E eu não quero que você se desvie do "caminho normal" por ter se envolvido com ela sem pensar.

— Tá tudo bem. Não é nada disso.

— Mesmo? Eu posso acreditar em você? A gente é amigo, certo? Você não ia mentir pra mim, né? Né?

— Aham.

Enquanto eu assentia, Tamaru me olhou fixamente, sem ligar o motor. Ergueu o queixo e, sob o capacete, estava com o cenho muito franzido, com olhos de quem olhava para algo de longe. Quem sabe soubesse que eu estava mentindo.

— Kiyosumi...

— Eu vou ficar bem, sério. Não se preocupa.

— Agora, você ainda pode voltar atrás. Se tem uma linha com um "lado de lá" e um "lado de cá", você ainda pode voltar pro lado de cá. Do lado de lá, só tem a Kuramoto. Você entende?

Capítulo 8

Você pensou bem pra escolher? Escolhe o lado em que eu tô, vai. Eu vou ficar entediado sem você.
— Ei, Tamaru.
— O quê?
— Obrigado.
— ...Há?
— Estou feliz por você ser o meu amigo. É uma coisa que eu sempre quis dizer. Obrigado, viu?
— Vo-você bebeu?
— Não.
— ...Tá cansado?
— Talvez, mas tô falando sério. E desculpa.
— Eeei, Kiyozinho... O que aconteceu?
— Acho que vou ter bastante coisa pra te contar na próxima vez que a gente se vir.
— E quando é a próxima vez?
— Na hora que você quiser, pode ser amanhã.
— Então vai ser amanhã, eu te ligo.
— Beleza. Toma cuidado!
"Até amanhã. Espero que a gente se encontre", sorri, acreditando que iríamos nos encontrar. Acenei para o meu amigo com gestos grandes, usando toda a força. As luzes traseiras da minibike foram se afastando. O pontinho vermelho que parecia uma gota de sangue logo sumiu de vista.

Agarrei a caixa de papelão e voltei para casa. Dei um moletom para Hari usar. Como a sua cabeça estava com a pele visível em algumas partes, parecia estar passando frio, coloquei uma touca nela. Eu disse para, depois de tudo, não se esquecer de tirar e esconder em algum lugar. Hari assentiu profundamente.

Nós dois saímos de casa às pressas. Eu não tinha nem sequer uma habilitação de moto. Fiz Hari carregar as coisas com que estávamos e subimos na mesma bicicleta para visarmos a escuridão daquele matagal. Expirando um ar branco, me concentrei em apenas pedalar. A cada vez que os pneus saltavam em desníveis, Hari se segurava com força no meu tronco.

— Não deixa as coisas caírem!
— Uhum!
A avó de Hari...

Em um certo dia, quando Hari tinha acabado de passar para o fundamental II e voltou para casa, essa avó "quieta" havia sido enfiada em uma mala. O pai de Hari disse que a avó já estava morta quando ele percebeu. Mas que não queria que fosse oficialmente considerada morta, queria o dinheiro da aposentadoria dela e não queria fazer um funeral, explicou que era por isso que a jogaria fora no pântano.

Ela foi obrigada a ajudá-lo. Os dois carregaram a mala até a beirada do pântano e Hari ficou vendo o pai entrar devagar na lama ainda gelada e afundá-la sob uma rocha que se esticava do meio do lugar. Quando foi voltar, o pai tropeçou na lama do pântano e quase se afogou. Hari puxou a mão dele desesperadamente para ajudá-lo. Como a mãe dela tinha abandonado a família pouco tempo atrás, Hari havia pensado que ficaria realmente só se o seu pai morresse. O pai dela, após salvo, olhou para ela e...

— Agora, você é mesmo uma cúmplice. — Então sorriu.

Depois disso, e antes também, houve violência a toda hora. Quando estava de mau humor e quando não estava. Queria controlar, desse jeito, tudo que existia no mundo, queria fazer as coisas do jeito que bem entendia, queria ser obedecido, servido. Era assim que vivia aquele homem.

Hari disse que teve medo de ficar sozinha. Apesar de também ter medo de ser presa por cumplicidade se a polícia descobrisse o que houve, o maior medo era da solidão. Eu contei para ela como

Capítulo 8

a solidão não era tão ruim, que poderia parecer difícil na hora, mas que se tornava um tesouro mais tarde. Virava algo bonito e retornava para as suas mãos.

Quando falei isso, Hari acreditou em mim. Acreditou e resolveu ir para o pântano, e era por isso que precisávamos de um bote. O que o pai de Hari tinha feito era claramente um crime, então iríamos denunciá-lo para que fosse incriminado. Era essa a nossa justiça e a nossa única forma de contra-atacar o óvni.

Poderia ter avisado a polícia assim que Hari me contou o que houve. Teria sido muito mais rápido e não precisaríamos ir resgatar o corpo da avó dela. Mas, se fizéssemos isso, o pai de Hari descobriria como ela tinha me contado tudo. Pelo mesmo motivo, Hari não poderia denunciar a agressão do pai.

Eu tinha medo do que poderia acontecer depois de o pai ser preso, acusado, julgado e sentenciado, tendo cumprido pena e voltado para a sociedade. Eu não sabia quanto tempo ele ficaria preso, mas tinha certeza de que não seria para sempre. Não havia como mudar o fato de que eram pai e filha e talvez não fosse possível esconder onde ela estava.

Para que Hari não se tornasse o alvo de vinganças, era preciso uma história em que ela não desejava a prisão do pai, mas que havia acabado assim por conta de um imprevisto repentino. Era por isso que precisávamos criar uma história em que Kiyosumi Hamada havia encontrado um cadáver por coincidência, por exemplo...

Kiyosumi Hamada, com sua paixão não correspondida por Hari Kuramoto, foi insistente mesmo depois de levar um fora. Ficava perambulando em volta da casa dos Kuramoto mesmo de noite e, certo momento, encontrou "algo" flutuando no pântano. Poderia ser qualquer coisa, como um pedaço de um objeto maior ou um lixo. Enfim, ele teria encontrado algo. "O que será? Será que tem chance de ser uma calcinha daquela garota?", ele pensou, e chegou a usar um bote inflável no lamaçal para ir pegá-lo. Foi assim que ele, por acaso, encontrou um cadáver. E, espantado, avisou a polícia. Esse era o roteiro.

— Veterano! — disse Hari na parte de trás da bicicleta que eu pedalava dedicadamente. — Depois que a solidão acabar, você pode ficar comigo?!

— Aham!

"Só não sei o que você vai pensar quando me vir depois de se acostumar com a claridade". Mas, em prol da Hari de agora, eu assenti. Em prol da Hari que estava viva e respirando nesse instante, atrás de mim.

— Vou ficar, sim! Vou ficar do seu lado!

— Que bom! Eu quero ficar com você o tempo todo, veterano! Quero que a gente fique junto! É quando eu mais me divirto! É quando eu estou mais feliz! E tenho uma pergunta! Valendo!

— Nossa! De repente, assim?!

— Heróis são feitos de quê?

— Você tá falando de composições? Então proteína!

— Errado! A resposta certa é "oxigênio"! Para mim, você é um ar límpido! Eu só preciso ficar perto de você, veterano, pra conseguir soltar todo o sofrimento e a tristeza! As células mortas começam a se regenerar na mesma hora, com toda a força! É assim que eu consigo ressuscitar quantas vezes for!

— Então somos como uma máquina de movimento perpétuo! Porque a energia que me move é a sua felicidade!

— Não vamos acabar nunca!

— Não vai ter um fim! Mesmo que o mundo acabe!

— Nessa hora, vamos acabar juntos e começarmos tudo de novo! Vou te acompanhar até no inferno!

— O-olha, a gente podia ir pro céu. Que tal?

Hari soltou uma risada animada, empurrando o rosto contra as minhas costas enquanto abraçava a caixa de papelão. Os ventos estavam gelados e seus machucados deviam estar doendo. Entretanto, ela animou a si mesma e dividiu o ânimo comigo. Me deu forças calorosas.

Capítulo 8

Recebendo parte das forças de Hari, eu avancei sem parar pela rua vazia. Havia um futuro brilhante depois das trevas congelantes, era no que eu acreditava. Eu precisava que houvesse um futuro para Hari, mesmo que isso significasse a solidão para mim, eu não me importava, não me importava nem um pouco. Eu precisava levar, para todo o sempre, luz brilhante para o mundo cheio de flores de Hari. O futuro dela precisava ser iluminado. E, para isso, eu atravessaria essas sombras de uma só vez.

*

Qualquer pessoa da vizinhança sabia que havia um pântano nos fundos do matagal, mas nem crianças faziam questão de ir para lá; era a primeira vez que eu ia para lá também. Havia lugares melhores para quem queria brincar com água, com lagostins e peixinhos. O matagal que não era cuidado bloqueava o sol e era escuro. Não havia nenhum inseto lá que valesse a pena pegar. E também não havia revistas pornô caídas. O lugar só servia mesmo para esconder cadáveres.

Segui de bicicleta pela rua estreita não pavimentada até o limite. No caminho, passei por cima de uma pedra e o pneu dianteiro estourou. Sem opções, nós dois seguimos para o pântano correndo, empurrando a bicicleta de luz acesa.

Depois de um tempo, ultrapassamos as árvores frondosas. Os céus da noite que apareceram, porém, não tinham lua ou estrelas. As nuvens escuras que se estendiam no alto estavam bloqueando toda a luz que deveria recair sobre nós.

Eu tinha trazido duas lanternas de casa, mas...

— Não tô vendo nada, tá muito escuro. Vai iluminando pra mim.
— Uhum.

A área iluminada por uma luz redonda era muito pequena. Deixei as lanternas com Hari e abri a boia prateada de cheiro forte em meio à luz fraca. Pisei na bomba e comecei a enchê-la.

O pântano estava totalmente silencioso, cercado pelas trevas das árvores. Eu imaginava que houvesse sapos no verão, mas, agora, não havia presença nenhuma de seres vivos. Realmente não havia nada, nem sequer moscas.

A luz da bicicleta, parada sobre o seu apoio, estava iluminando a superfície escura da água. Em algum momento, os ventos tinham cessado. A superfície do pântano, sem nem tremular, era lisa, densa e escura. Algumas partes brilhavam pegajosas na cor do arco-íris e pareciam uma camada oleosa e suja, e grama seca marrom saía da água em tufos.

— Qual é a profundidade?

— Rasa. Mais ou menos um metro.

— A referência é aquela rocha?

— O fundo é lama, tome cuidado. O seu pé vai ficar enroscado se não prestar atenção.

— Que nem ele?

— Sim, se eu não tivesse conseguido ajudá-lo naquela hora... Bom, não adianta pensar nisso agora. Não posso mudar o passado. — A voz de Hari não estava mais tremendo; chegava a soar implacável.

— Fazia realmente muito tempo que eu não vinha pra cá. Eu tinha medo daqui e não conseguia nem chegar perto. Mas... aquela rocha ficava tão próxima? Tenho a impressão de que o pântano em si está menor.

— Não choveu muito neste ano e pode ser que tenha secado um pouco.

Eu não quis perder tempo e considerei que a boia já tinha sido inflada o suficiente, apesar de não ter sido inflada por completo. Peguei um galho relativamente comprido e resistente em uma moita e coloquei o bote no pântano. Estava mole e não passava muita confiança, mas imaginava que fosse conseguir sustentar o meu peso.

— Hari, cuida da luz. Fica me iluminando.

Capítulo 8

— Eu também vou.
— Náááo, a gente vai afundar. É uma mala, né? Vou procurar, pegar e dar um jeito de trazer até aqui.

Eu tinha de desistir dos meus sapatos, ficariam molhados de qualquer jeito. Coloquei metade do corpo sobre o bote, apoiado em um joelho, e usei a outra perna para chutar o pântano com força algumas vezes. O bote começou a avançar lentamente.

Fui na direção da rocha que era a referência enquanto cutucava o fundo da lama com o galho. Parando para pensar, era para esse bote ter um remo. Eu tinha me esquecido disso e, pelo visto, Tamaru também. Teria sido bom ter um remo, mas já era tarde para isso. Exato, não era possível mudar o passado, eu só tinha a opção de me esforçar e seguir em frente.

Me virei e Hari, me iluminando da margem, estava ficando cada vez menor. Eu também estava segurando uma lanterna, porém, quando iluminava a água, ela ficava branca e turva. Além disso, o cheiro que lembrava esgoto estava horrível, sendo que era inverno. E era fato que havia um cadáver derretendo aí. Eu não queria dizer isso, porque era a avó de Hari, mas a verdade era que estava com muito nojo.

Não consegui parar a tremedeira por conta do frio, da tensão e do nojo. Uma hora, cheguei até a rocha e olhei mais uma vez na direção de Hari. Ela estava sacudindo a lanterna para cima e para baixo, como que assentindo. Havia menos de vinte metros, provavelmente, da margem até onde eu estava. Não conseguia ver nem um pouco do rosto de Hari.

— ...Vê se aparece...

Usei o galho para cutucar o fundo do pântano na região da rocha, várias vezes e aos poucos, mudando de posição. "Desculpa por eu ter achado nojento, avó da Hari".

— Aparece e ajuda a Hari, por favor...

"Não interessa a aparência com que você tá. Eu não vou ficar assustado. É pela Hari."

Entretanto, não encontrei nada por mais que procurasse no lamaçal. Quem sabe fosse mais fácil encontrá-la durante o dia; nesse escuro, eu só podia contar com a sensação que vinha do galho. O tempo foi se passando, porém, quando estava começando a ficar preocupado, finalmente senti algo duro na ponta do galho: "Tuc". Mexi o galho e era algo relativamente grande e quadrado.

— ...É isso...?

A profundidade, conforme Hari havia dito, era de no máximo um metro. Pensei em enroscar o objeto que devia ser a mala na ponta do galho, a fazer flutuar até perto da superfície e puxá-la, mas... A lama, depois de revirada, subiu espiralando como fumaça e eu não estava conseguindo enroscar direito a mala no galho. Afobado, virei a lanterna para a água, espiei como estava e reparei.

O objeto era realmente a mala, porém devia ter acontecido alguma coisa no período de quatro anos, pois estava virada para baixo de tampa aberta. Eu esperava que houvesse ossos de um cadáver no seu interior, mas talvez o conteúdo da mala já tivesse afundado em algum lugar do lamaçal. "Não é possível...!", quis gritar. O que eu deveria fazer? Tentei espiar mais o fundo da água, procurando por alguma pista, e...

— ...Ugh! Ah?!

A boia se inclinou com força. Eu, ridiculamente, caí rolando para dentro da água. Quando vi a água se aproximando, pensei "Vou morrer, tenho certeza". Contudo, a lama tinha uma maciez pegajosa e me engoliu por inteiro de uma maneira estranhamente quieta e silenciosa. A água era desagradavelmente quente, chegava a parecer mais quente do que o ar externo.

— ...Aah! Aah! Ah...!

Me agarrei à boia imediatamente e coloquei o rosto para fora. Enquanto tossia, pus os pés no chão. A água só chegava até a altura do meu peito. Na margem, Hari gritou. Vi como estava querendo se aproximar com passos desajeitados e cambaleantes.

Capítulo 8

— Ná...náááo! Não, não! Não vem! Tô bem!

Eu a parei às pressas. Era loucura, pois estava muito machucada. Além disso, se descobrissem como Hari havia entrado na lama, a história iria abaixo.

Agora que eu tinha acabado assim, tinha de desencanar. Não me importava mais se as minhas roupas ou qualquer outra coisa fossem ficar molhadas. Eu queria puxar pelo menos a mala, mesmo que estivesse vazia. Talvez isso já fosse uma evidência. Dei um chute na mala, junto da lama, para tentar fazê-la subir.

— ...!

Mas o meu corpo fez "Plosh!" e afundou ainda mais de repente. O meu pé ficou preso no fundo do lamaçal e meu rosto e cabeça foram puxados de volta para a água morna. Eu tinha soltado a lanterna. Tentei me levantar desesperadamente, mas o meu pé foi sugado mais ainda para as profundezas. Independentemente do quanto sacudisse as mãos, o meu corpo não subia, estava sendo puxado cada vez mais para baixo. Esperneei enlouquecidamente, mas não consegui me segurar em nada e a única coisa que estava fazendo era erguer lama.

Em meio à luz da lanterna que afundava devagar, vi algo estranho de súbito... Azul, um brilho azul forte, a única coisa que reluzia na escuridão total, estava piscando como se fosse uma estrela. "Estou aqui!", parecia exclamar o brilho. Ele estava subindo na água. Diante dos meus olhos, estava silenciosamente cortando a escuridão e indo para cima.

Afogando e praticamente sem perceber, estiquei a mão suplicante. Quando fiz isso, o meu pé ficou convenientemente sobre algo duro. Eu empurrei com toda a força e o mundo mudou de repente. O corpo que estava sendo puxado para os fundos subiu de uma só vez.

— ...Cof! Ugh... Cof, cof, cof!

Finalmente coloquei o rosto para fora. Tossi com força e expeli a água que tinha engolido. Me agarrei à boia e, por um tempo, fiquei recuperando o fôlego. O meu sistema respiratório estava tremendo e produzindo um barulho estranho, mas, apesar disso, eu estava conseguindo respirar.

— Veterano! Veterano! Veterano! — exclamava Hari sem parar.

Dei um jeito de acenar, mas não sabia se ela tinha visto. Fosse como fosse, eu precisava voltar para impedir que Hari fosse atrás de mim. Até porque as minhas energias estavam no limite.

Tossi mais algumas vezes, cuspi e, tremendo, dei um jeito de puxar a mala vazia até a boia. Quando olhei para ela, percebi que não apenas estava vazia; suas dobradiças de metal tinham se soltado e eu só tinha conseguido puxar a tampa. "Espero que isso seja o suficiente como evidência", torci. Então, com o galho que felizmente continuava dentro da boia, fui me apoiando no fundo da lama até voltar à margem.

Demorei quase o dobro do tempo que tinha levado para ir. Hari, de chinelos em pés descalços, entrou na água até os joelhos e me ajudou a puxar a boia até a margem. Eu estava totalmente gelado e exausto, por isso não consegui dizer para ela não o fazer.

— ...Desculpa... S-só consegui... pegar isto daqui...

Na luz da bicicleta, eu fiz menção de pedir desculpas por não ter conseguido encontrar a avó de Hari. Ela devia estar chocada. Não estava dizendo nada, fitando a parte da mala que eu tinha trazido.

— Desculpa, de verdade... Será que dá pra dar um jeito só com isso...?

— Veterano...

Hari estava com uma expressão que eu nunca tinha visto. Estava com os olhos arregalados, a boca meio aberta e uma expressão muito espantada, mas também desconcertada.

— Não... é isso.

— ...Hã?

— Não é isso. Essa não é a mala do meu pai.

Ou seja...

Eu senti tonturas. Depois de ter passado por tudo isso, eu tinha trazido de volta um lixo que não tinha nada a ver com a questão?

Capítulo 8

Minhas forças foram esgotadas pela fadiga. Eu caí ainda enlameado. "Não. Mentira. Como isso é possível?". Hari, porém...

— Não. Não. Não, não, não, nãonãonãonão... — repetiu, como se fosse um encantamento.

O comportamento dela estava estranho. Não era possível saber para onde estava olhando. Ficou sacudindo a cabeça para os lados sem parar enquanto os lábios inchados tremiam.

— ...Hari? O que foi?

— Não é esta. Esta... é a... mala da minha mãe. Até agora, eu achava que ela tinha levado na hora de sair de casa... Era o que eu ach-... Veterano! Isso daí é... Isso! Na sua mão! O que está segurando?!

Ela saltou sobre mim de repente, me deixando assustado. Então percebi que eu segurava um pouco de lama na mão direita. Imaginei que fosse a lama de quando tinha limpado o rosto e jogado o cabelo para trás, mas...

Havia algo brilhando no meio da lama. Era o brilho azul que eu tinha encontrado na água quando tinha me afogado. Como, naquela hora, eu estava sofrendo aterrorizada e alucinadamente, não tinha nem me passado pela cabeça que havia pegado o brilho. Ele estava, porém, na minha mão. Brilhava forte, em silêncio.

Hari pegou com as pontas dos dedos e o colocou sob a luz da bicicleta. Os seus dedos estavam tremendo com força. E ela disse:

— É o brinco da minha mãe.

Eu não estava conseguindo acompanhar a história. Não estava entendendo o que ela queria dizer. E também não entendi o significado de esse objeto estar lá. Mas, pelo visto, Hari havia entendido.

— ...A minha mãe... foi assassinada...

Ela olhou para os céus da noite sentada no chão. Como se tivesse encontrado alguma coisa lá, como se realmente tivesse visto algo, ficou de olhos arregalados. Como se fosse uma planta que tinha saído da terra, Hari ficou olhando para os céus sem parar.

Atravessei o matagal correndo, como se estivesse no meio de um pega-pega. Deixei para trás a boia, a bicicleta e a tampa da mala e usei a lanterna que tinha restado para correr absorto na direção da casa dos Kuramoto, levando comigo apenas o brinco. Ainda não eram sete horas. O pai de Hari não devia ter voltado ainda.

Não havia telefones públicos por lá, obviamente, e eu teria de usar o telefone da casa para ligar para a polícia. Não pude mais ficar me preocupando com vinganças. Essa arma era pesada demais para ser carregada apenas por Hari e eu. A história tinha ido abaixo. Eu teria de contar a verdade, nua e crua, para a polícia.

Havia dois corpos naquele pântano: a avó de Hari e também a mãe dela. Mãe e filha tinham ficado por todo esse tempo, em silêncio, esfriando naquela escuridão, aguardando por alguém que as encontrasse e as puxasse para cima. Ficaram assim, com suas aparências que diziam que já era tarde demais, sem conseguirem gritar.

As duas deviam ter sido mortas por aquele cara e, embora eu não tivesse dito em voz alta, Hari certamente estava pensando o mesmo. As duas tinham sido agredidas, igual a ela, e foram descartadas quando morreram. Hari poderia ter terminado daquele jeito também.

Ela estava correndo a toda a velocidade na noite, como se fosse um animal selvagem, de boca fortemente cerrada. Seus olhos, guiados por uma certeza intensa, não estavam mais abalados. Estavam voltados para a frente e não havia nenhuma lágrima.

Chegamos diante da entrada da casa, porém...

— Ah?!

Hari gritou com força de repente e olhou para mim.

— Veterano, e agora?! Estou sem a minha chave! Eu esqueci de pegar a chave na hora de sair!

— Não tem como entrar?!

— E agora?! Como vamos ligar?!

— A gente vai ter que pedir pra usar o telefone da casa de alguém! Vamos!

Capítulo 8

— Uhum!

Girei nos calcanhares, me recordando das casas que havia no caminho tristonho até chegar lá. Teríamos de pedir para usar o telefone de alguém. Entretanto, quando me virei e fiz menção de voltar a correr, escutei um som que cortou os ares. Uma sombra se esticou sobre o rosto de Hari, algo estava chegando. Reagi antes de pensar e saltei na frente dela, eu não sabia o que acontec-...

— Ah!

O que foi isso? Foi Hari? Então houve um "Bam!".

— Aaaaaah...

Por um momento, balancei com força. Depois houve uma sensação de flutuação e... o que era isso? O que estava acontecendo? Tentei erguer o rosto e...

— Ah. Ah. Ah.

Soube como estava desabando de joelhos e fui sugado pelo chão. Uma trepidação que pareceu uma onda de choque foi da minha cabeça para os meus membros e eu reparei que o grito tinha sido meu.

O meu rosto foi ficando quente. Um sangue muito vermelho escorreu até a minha boca, e soube que o impacto tinha sido de um soco porque...

— Não faça isso.

O pai de Hari estava de pé no meu campo de visão inclinado, com um taco de golfe na mão. Sua expressão desconcertada, ele me olhava de cabeça virada. Com o canto do olho, vi que Hari, de boca aberta, estava se movendo, deixando o casaco sacudir. Estava tentando correr ou pular ou fazer algo. A sua figura parecia estar se mexendo em câmera lenta, quadro a quadro. O joelho que se dobrou bastante voltou a se esticar, o capuz nas costas deu um salto, os braços se estenderam como asas. A cena piscava lentamente. Mal consegui dizer para ela fugir.

Com o taco de golfe que usou para bater em mim, o pai de Hari deu um golpe fulminante na cabeça dela, como quem estava treinando uma tacada. Sangue espirrou, Hari foi jogada para o lado com facilidade e caiu no chão. Rolou sem dizer nada. Em seguida, parou de se mexer.

O pai dela puxou uma chave, abriu a porta e jogou Hari para dentro como se fosse uma bagagem. Eu levei mais uma pancada na cabeça, talvez por garantia, e achei que meus olhos tinham saltado para fora. Só soube que estava sendo arrastado para dentro da casa porque o piso estava se esticando, se deslocando de cima para baixo.

O pai de Hari estava trabalhando calado. Trouxe galões de algum lugar, os enfileirou no chão e verificou se as janelas estavam trancadas.

Eu estava com braços e pernas amarrados? Não estava conseguindo me mexer nem um pouco e não pude saber nem sequer o que tinha acontecido comigo. Só sabia que sangue quente continuava a escorrer sobre o rosto virado de lado e que a visão estava escurecendo aos poucos.

Não conseguia falar. Pouco tempo atrás, vômito começou a subir pela garganta de repente, não consegui nem tossir e quase fui sufocado. Mesmo agora, o vômito estava subindo e descendo devagar no fundo da garganta, feito um elevador.

Ficava claro e ficava escuro. Fui rolado em meio a um piscar branco e preto. Minhas orelhas, por sua vez...

— Vai botar fogo?

...estavam devidamente captando som.

— Ué? Você tá viva?

— Pai, você vai botar fogo?

Não consegui saber onde e como Hari estava. Pai e filha não estavam se entendendo no diálogo e ficaram em um impasse frustrante.

— Você ainda consegue se mexer?

— Por quê? Eu já não consigo mais me mexer. Do que você está falando? Isso tudo é culpa sua, foi você que bateu com força em mim.

Capítulo 8

Naquela hora, o meu cérebro ou os meus nervos foram estragados. Por culpa sua, não consigo mexer mais nada.

— A sua voz está bem forte.

— Falar é a única coisa que consigo fazer, não consigo mais me mexer. Então não bata mais em mim, já chega.

— Então vai ser assim.

— Ei, você vai botar fogo?

— Vou.

— A casa vai queimar, não vai ter mais casa.

— Fazer o quê. Eu tinha me preparado pra queimar a casa dele, mas não achei. Olhei no mapa e… Aliás. Ô, Hari.

— O quê?

— Não tem um endereço com aquele número, deixa de ser mentirosa. Você podia ser uma boa menina pelo menos no dia que vai morrer. É por ser assim que vai morrer, sua idiota. Pra completar, você é péssima em fingir que não tá em casa e a sua professora coordenadora foi até a empresa hoje. O que foi aquilo? "Algo estava estranho na sua casa", ela falou. Foi por isso que saí cedo do trabalho. Se quer saber, eu vou sair daquela empresa…

— …

— Ei, tá me ouvindo?

— …

— Você morreu? Vai ser egoísta até na hora de morrer? Aff, deixa de ser bagunceira.

A ponta de um pé usando meia apareceu na minha frente. O pai de Hari, espalhando o líquido dos galões pela sala da própria casa, se agachou diante dos meus olhos. Jogou o líquido em cima de mim também, juntou as mãos e comentou com seriedade de repente:

— Não vire um fantasma, por favor… Você não entende como é ser um pai. Não me odeie. É por não entender nada que vai morrer antes de virar um pai… — Depois disso, pareceu ficar satisfeito, se levantou e levou o galão vazio para algum lugar.

A dor e o medo estavam distantes. Deus estava tendo misericórdia, porque tudo acabaria, era isso? Afundei nas profundezas silenciosas da consciência e tudo que fiz...

"...Hari."

...foi tentar mover os olhos. O que eu estava procurando, mesmo? O quê? As minhas mãos pareciam coladas ao piso, mas queria dar um jeito de erguê-las e movê-las. O que, porém, eu pretendia fazer com essas mãos? Pegar alguma coisa com alguém? Puxar alguém? Levar alguém comigo? Derrubar alguma coisa?

"Ah... É verdade. É mesmo. Eu ia virar um herói. Mas como é que se faz mesmo, Hari? Era assim...? Trans-..."

— ...

"...-formar!"

— ...

O dedo que eu achava estar apontado para cima estava inclinado, tremendo sem forças. Mas era assim que se fazia? Eu estava fazendo certo? Hari?

— Ah! Você mexeu?! Mexeu, não foi?! Eu já disse pra vocês deixarem de ser bagunceiros.

Os pés com meias estavam voltando, fazendo o piso ranger. Um rosto chegou muito perto e balançou algumas vezes para os lados, como que confirmando algo. E eu finalmente encontrei atrás disso. Hari estava caída de barriga para cima, perto da parede. Estava caída feito uma boneca jogada fora. Seu rosto estava virado sem forças para a minha direção. Parecia morta.

Mas eu sabia que ela não estava morta. Ela ressuscitava quantas vezes fosse preciso, quantas vezes fosse preciso mesmo, enquanto houvesse oxigênio. Conforme acreditei, Hari ergueu uma mão lentamente, seus olhos estavam abertos. Olhando para mim, usou o dedo indicador silenciosamente para apontar para cima. Parecia estar me dando um exemplo, em resposta à minha pergunta.

"...Sim. Você está fazendo certo, veterano."

Capítulo 8

Sangue continuava a escorrer do meu corpo, quase em jatos. E, como se estivesse vindo em troca desse sangue, os pensamentos de Hari entravam em mim em uma correnteza: "É assim que nós nos transformamos. Não é, veterano? Assim, ó. Fique vendo". Então, com um "Toc" duro, uma pedra azul e brilhante rolou pelo chão. Hari havia a jogado repentinamente. O pai dela, espantado por algo ter rolado aos seus pés, olhou para o chão.

— Há?

Tentando procurar o brinco que saiu rolando, o pai aproximou o rosto do chão ainda agachado. E, no instante em que as mãos dele se afastaram do taco de golfe, Hari se levantou em um pulo.

Ela estava usando uma máscara vermelha, uma máscara vermelha de sangue escorrendo. Escondendo o rosto de garota ferida, Hari deu uma passada forte com os pés descalços. Agarrou o taco de golfe antes do pai que estava tentando se erguer.

Ela tomou muito impulso e brandiu o taco usando o peso do corpo. Derrubou o óvni. Quando o pai caiu gritando alguma coisa, bateu mais e mais vezes. Brandiu o taco repetidamente na têmpora que tentou se desviar, na nuca que tentou fugir, no topo da cabeça imóvel. Eu, ingênuo, talvez tivesse parado antes e dado uma oportunidade de contra-ataque, mas Hari não parou. A luta dela não acabou até que tivesse destruído tudo até ficar em pedaços.

Dos céus, caía uma chuva vermelha. A chuva era forte, terrível. A chuva vermelha e quente vinha tanto do óvni, que caía como que pegando fogo, quanto da máscara da heroína. No passado, eu quis ser o guarda-chuva de Hari, e ela disse que não precisava de um. Ela tinha algo que precisava cumprir mesmo sendo molhada pela chuva: tinha me protegido. Estava sob a chuva vermelha para me proteger.

Com o óvni derrubado, os céus foram rasgados e uma grande ferida foi aberta na esfera celeste. Dela, também saiu chuva vermelha. O meu corpo também ficou encharcado de vermelho. A chuva caiu na terra, escorreu para os rios e deixou tudo turvo e vermelho.

A terra e o mar. A heroína também ficou vermelha. Finalmente, todo o som e a luz foram se afastando de mim.

— Veterano.

Escutei uma voz. Pelo visto, Hari procurou pelo meu canal.

— Na verdade, eu não gosto tanto assim de gomadango. O sabor não é tão marcante, não sei. Eu gosto é de você, veterano. Do que você gosta? Sempre falamos só de mim e eu não sei do que você gosta. Me diga. Ei. Do que você gosta, veterano?

Sendo puxado para a escuridão, eu apontei para Hari. Era o que eu esperava estar fazendo, apesar de a minha mão não se mexer direito. A voz dela se afastou, não conseguiria mais ouvir o que estava dizendo. Desesperadamente, apurei os ouvidos. O que ela estava dizendo? Do que estava falando? Queria a ouvir mais. Para sempre.

— ...rano... ada... erdade... eu...

...

— ...pre... por isso... a... eus.

...

— ...de você.

**

Quando acordei, estava em uma cama. "Por que eu tô na enfermaria?", pensei. A minha noção de tempo estava confusa e não soube nem se era dia ou noite. Movi só o olhar e descobri que estava em um lugar desconhecido. Que paisagem era essa? Um hospital? Comecei a refletir sobre o porquê de estar em um hospital e, repentinamente, a sensação de realidade voltou em uma queda livre. Eu não sabia nem quando aquela chuva tinha parado. Houve um grunhido impressionante e só depois reparei que era a minha voz. Depois de reparar...

— Uh. Uuuuh! Uuuh! Uuuuuuh...!

A dor explodiu dentro da minha cabeça. Brilhando branco, piscou e girou. Eu não entendia como não tinha morrido com essa dor.

Capítulo 8

Sério? Uma pessoa não morria mesmo depois de ficar tão quebrada? Precisava viver mesmo nesse estado?

— Ki! Yo! Su! Mi! — exclamou uma voz de perto. — Forçaaa! Tá todo mundo aqui, tudo bem?! Todo mundo!

Apesar de estar de máscara, eu soube: era a minha mãe. Ela estava olhando para mim de cima, como que me cobrindo com o corpo, e estava falando alto comigo sem parar. Se eu não ficasse ouvindo essa voz, se não fizesse a minha consciência se agarrar, a dor poderia fazer eu me esquecer até de mim mesmo.

— Tá todo mundo aqui! Todo mundo! Kiyosumi!

"Quem é 'todo mundo'? Aliás, e a Hari? Cadê a Hari?"

O meu corpo deu um pulo de tanta dor que sentia. Mais uma vez, perdi a capacidade de pensar. "Hari", eu tentei chamar, mas o meu cérebro, sob o ritmo da dor que se encolhia e se expandia, usou os pensamentos para parar a minha garganta.

Eu não poderia mais chamá-la em prol do futuro dela. Quando esse caso fosse resolvido, ela renasceria como uma pessoa nova, mudaria até de nome, jogaria fora tudo que era relacionado ao seu passado e viveria sem relação alguma com a sua vida de até agora. Seria libertada de toda a sorte de sofrimento e viveria como nova.

Aquela garota tinha morrido, eu não poderia mais chamar o nome dela, não poderia mais procurá-la. A heroína suja de chuva vermelha precisava afundar em silêncio e dormir. Eu precisava fingir que não sabia de nada, que tinha me esquecido. Precisava deixá-la para trás.

Era verdade que eu quis dar de tudo para Hari, tudo, incluindo o meu futuro. Tudo mesmo, eu não precisava de mais nada. Daria para ela, tudo. Era por isso que estava tudo bem, eu poderia ficar sozinho. A heroína tinha morrido com o óvni que tinha caído. Nunca mais a encontraria e estava tudo bem.

"'Nova você'... Por favor, quando estiver em um lugar distante, tente olhar para o céu. Acho que vai ter luz sobre a sua cabeça.

Espero que aconteça alguma coisa boa com você amanhã. E que continuem acontecendo muitas coisas boas no seu futuro. Obrigado. Adeus."

...Para que heróis nasciam? E para que morriam? Que sentido tinha na vida criada? Era para ser esquecida, como seria agora? Então, eu...

As palavras que viriam em seguida tinham sido sujadas pela chuva.

— Kiyosumi! O seu pai também está vindo! Eu avisei e ele disse que está vindo! Ele já entrou no trem-bala pra poder vir te ver!

Como que me agarrando à voz da minha mãe, continuei respirando.

*

O meu pai realmente veio. Ficou frequentando o hospital por todo o tempo que fiquei internado.

A minha mãe se divorciou do meu pai quando eu ainda era pequeno. Ele já tinha uma família nova e, dentro da minha mãe e de mim, estava morto. Mas, depois de eu acabar assim e, para completar, saber que estava envolvido "naquele caso", em que uma estudante do ensino médio assassinou o pai, apareceu correndo onde eu estava. Além disso, o meu pai era uma das poucas pessoas que podia doar sangue para mim, já que o meu tipo sanguíneo não era tão comum.

Ele chorou, dizendo que ficou preocupado. Também disse que, por todo esse tempo, sempre quis me ver. Pediu desculpas, me abraçou e eu o abracei de volta. A minha mãe, nos vendo, chorou. Talvez eu devesse ficar feliz pelo laço que tinha ressuscitado.

Contei tudo que sabia para a polícia. Me perguntaram as mesmas coisas várias vezes. Por que eu estava lá; quem tinha me machucado; por que tinha ido para o pântano; por que estava junto da "senhorita X".

— Para começar, por que você se envolveu nisso se são de anos diferentes na escola?

Capítulo 8

— Porque eu gostava dela — contei a verdade.
Foram encontrados ossos de dois corpos no pântano e finalmente foi descoberto que o pai assassinado não era uma simples vítima. A mídia fez bastante alarde a respeito do caso. A minha mãe parecia ter tomado cuidado para eu não ver o noticiário, porém não conseguiu bloqueá-lo por completo.
Recebi alta a tempo da cerimônia de formatura. Participaram da cerimônia apenas os alunos que estavam se formando e seus pais e não houve outros alunos da escola. Pelo visto, a escola ficou preocupada com a presença da mídia.
Não houve ninguém tagarelando para terceiros e não foi por boas intenções. Provavelmente ficaram todos com medo de virar "os alunos que pressionaram a senhorita X com bullying". A professora coordenadora da turma A do primeiro ano ficou com graves problemas de saúde e era dito que talvez não fosse mais voltar para a escola. Entretanto, ela apareceu para a cerimônia. Quando recebi o certificado de formatura, bateu palmas.
Tolamente, fui espiar a sapateira do primeiro ano depois da cerimônia de formatura. Havia um espaço livre, sem nada no interior. O rótulo com nome que eu tinha colado tinha sido totalmente removido e não havia nem sequer rastros da existência de alguém aí. Já na minha sapateira, alguém tinha colocado uma caixa meiga cheia de balas doces.
A minha solidão, desde então, estava pendente, flutuando no ar. Não se tornou um tesouro, não ganhei nada em troca e apenas estava flutuando com leveza nos meus céus. Por um tempo, vivi observando-a o tempo todo. Mas, um dia, acabei percebendo. Ela tinha se tornado um novo óvni. Aquilo era, nos meus céus... "Ah, não! Já chega!", eu quis gritar.
Ainda havia muito tempo até o fim do mundo contado por Nostradamus. E eu precisava ficar observando aquilo até chegar o momento da destruição?

*

Foi inútil: não importando o quanto me afastei fisicamente ou o que eu fizesse, escutava a voz. Essa voz que me chamava não parava.

Era verdade que eu tentava escapar dessa voz. Mas, no fim das contas, quando as estações completaram dois ciclos e chegou a terceira primavera, acabei me encontrando no meio da rua com ela, que tinha mudado de nome. "Não é possível", foi o que pensei, antes de parar. Nossos olhos se encontraram e, depois de ver o rosto dela, desisti de me afastar.

Nós mudamos de cidade. Pedi para a minha mãe deixar o hospital e nós três começamos uma vida nova. Nessa cidade, eu frequentei uma universidade, me formei e encontrei um emprego. Imediatamente antes do casamento, apresentei a ela o meu novo óvni. Ela sussurrou: "Eu também consigo vê-lo". A faceta que ela via devia ser outra, mas provavelmente vivíamos com a mesma coisa flutuando nos céus.

Mesmo depois de jurar ficar com ela pela eternidade, o meu óvni não desapareceu. Como eu certamente estava feliz, foi muito bizarro. Eu não estava mais solitário. Então o óvni não deveria sumir?

Ficava muito preocupado quando a minha esposa ficava sob o crepúsculo. O contorno dos seus cabelos brilhava na luz laranja e a cena era muito bonita, mas eu sentia um medo incontrolável. Tinha a impressão de que seria sequestrada pelo óvni daqueles céus. Eu ficava com medo de verdade. Não importava o quanto eu segurasse a mão dela com força, a preocupação não desaparecia. Mesmo quando, dado momento, tivemos um filho, não desapareceu.

O óvni não sumia de jeito nenhum dos céus que tinham sido sujados pela chuva vermelha. Em algum momento, começaria um ataque? Não havia mais heróis. Nós não acreditávamos mais em heróis.

Capítulo 8

Me olhando com olhos acostumados à luz e respirando com tranquilidade, a minha esposa estava brilhando laranja.

Poderia se unificar aos céus a qualquer momento.

**

Mergulhando várias vezes em uma água gelada, lembrei que já tinha passado por algo assim. Do jeito que estava fazendo agora, tinha esticado a mão, agarrado alguma coisa, puxado e tentado salvar. Na primeira vez, achei que tinha conseguido salvar. Na segunda, não consegui. Já não havia mais volta; era impossível me esquecer do quanto aquela noite tinha sido irreparável.

Por que havia acabado assim? Bem agora, quando a data prevista estava logo aí? Bem agora, quando tínhamos ficado juntos, quando tínhamos virado uma família, quando estávamos vivendo felizes.

Eu, porém, não tinha conseguido desistir de jeito nenhum. O acidente tinha acontecido bem diante dos meus olhos. Um carro tinha caído na correnteza forte do rio e as vidas que tinham afundado na água gelada ainda podiam ser salvas. Ainda havia tempo.

Eu prendi a respiração outra vez e mergulhei na água gelada. O rosto que tinha visto por um instante na janela do carro afundando era bem parecido com o da garota por quem eu tinha me apaixonado no passado. E a noite irreparável ainda não tinha esmaecido.

Enquanto ouvia brados e gritos de pessoas, pensei que não me importava se os meus braços fossem arrancados do tronco. Usei toda a minha força para puxar sem parar a porta torta e emperrada do carro. Deixei explodir toda a minha força e pensei no rosto da garota. Uma garota magra com olhos grandes, uma gentil, cheia de feridas. O nome dela... era Hari Kuramoto.

Falando nisso, fazia muito tempo que não a chamava por esse nome. Eu não conseguiria mais dizê-lo? Deveria ter dito.

No instante em que pensei nisso, compreendi, mesmo que de forma vaga, o que eu realmente estava tentando recuperar. Eu tinha deixado aquela garota para trás, sozinha no meio da chuva vermelha. Tinha achado que ela devia ficar dormindo em silêncio, que poderia ficar morta e não precisava mais ressuscitar. Porque, provavelmente, seria mais feliz assim.

Tomei mais fôlego desesperadamente e mergulhei outra vez.

"Você deve ter se sentido sozinha, desculpa."

Eu tinha passado a viver um novo cotidiano com a nova versão dela e começado uma nova vida. Tinha afundado na insignificância a Hari que havia morrido. "Mas você ainda tá aí, não tá, Hari?". Estava flutuando só e solitária no nosso céu.

Quando puxei a porta com as duas mãos, senti que estava conseguindo. Firmei os pés e coloquei todo o meu peso contra a correnteza. Dei um jeito de enfiar a mão na fresta que foi criada.

"Você lembra que eu disse que solidão tem um significado?"

Não consegui respirar, os meus pulmões murcharam.

"Quando a gente sai do escuro, tudo parece bem ofuscante, não é? E o significado é encontrado no meio dessa luz."

Por um momento, os meus pés quase foram levados pela correnteza. A mão que tinha enfiado na fresta agarrou alguma coisa. Era uma mão humana. Enrosquei os dedos nela, desesperado para não a soltar de jeito nenhum. Pus tudo de mim apenas na mão direita.

"Sai daí e olha pra mim, por favor."

Queria que confiasse em mim. Eu faria com que Hari ressuscitasse quantas vezes fosse preciso, eu derrubaria o óvni. Dessa vez, me tornaria o herói. Mesmo que a visão de Hari tivesse se acostumado à luz ofuscante, eu surgiria com a aparência de um herói.

Alguém estava gritando. Eu já não entendia mais o que estavam dizendo. E não conseguia entender o que os meus olhos estavam vendo. Tudo que fiz foi puxar para perto, desesperadamente, aquilo que tinha agarrado.

Capítulo 8

"Vem pra cá! Hari! Ressuscita! Eu sei como você é forte! Acredito em você! Então, por favor, acredita mais uma vez na minha força! Eu nunca mais vou te deixar pra trás!"

Esse mundo ainda tinha salvação, poderia ser reparado. Eu repararia tudo e o daria para Hari. E, para provar que conseguiria fazer isso, estava refazendo aquele dia irreparável. Estava segurando aquilo que era precioso para que nunca mais se afastasse. Estava confiando que ainda havia tempo. O puxaria dali, faria com que ressuscitasse quantas vezes fosse preciso.

"E vou mostrar pra você como é bonito esse mundo cheio de luz."

Enquanto era levado para longe pela correnteza, sem conseguir relutar, vi como o óvni finalmente estava caindo dos meus céus. Pelo visto, estavam vermelhos desde aquela noite. Eu não havia reparado antes porque o mundo inteiro tinha ficado vermelho e turvo.

O óvni caindo deixava um rastro brilhante e comprido. Queimando e explodindo várias vezes, rasgou os meus céus vermelhos em uma diagonal. Fiquei com medo de que saísse uma chuva vermelha outra vez da ferida da esfera celeste, mas o que saiu dela...

"Ali, Hari. Olha!"

...era uma galáxia incrível. Estava piscando brilhante em um grande vórtice. Crianças-estrelas caíam alegres umas após as outras, se tornavam uma chuva transparente e lavavam tudo.

Quando eu reparei, a ferida na esfera celeste tinha se tornado a minha ferida. A galáxia estava escorrendo sem parar de dentro do meu corpo, que havia inchado sem limites e perdido a sua forma. As crianças-estrelas com que eu tinha deixado a minha vida foram chovendo sem parar, penetrando em todas as coisas.

Era assim que eu viraria tudo que chegaria aos olhos de Hari. Viraria até cortinas, livros, uma marca na parede, grãos de café, uma passarela, um lámen instantâneo, o sol e a lua. Viraria estrelas distantes, que, mesmo invisível aos olhos, certamente existiam. Era assim que continuaria amando Hari, a amaria para sempre.

Eu, escorrendo para fora, já não era mais limitado fisicamente. Ultrapassei o tempo e encontrei a figura do meu filho, que era idêntico a mim. Ele, com cara séria, estava sozinho, sentado em uma cadeira e observando a própria sombra fixamente. E estava me chamando; tentava chamar a minha vida da galáxia.

Eu surgi na sombra do meu filho como a menor das matérias. O fenômeno que tremulava variando de tom parecia um bando de pássaros ou um cardume. Talvez parecesse mais com cúmulos-nimbos subindo para a vastidão do céu, ou mesmo chamas balançando ao vento; a aurora, quem sabe, ou as ondas no fundo d'água. Talvez uma selva sob tempestade.

Inchava e murchava. Colidiam umas nas outras e se quebravam. Explodia, era consumida, derretia, se misturava e mudava. Sua forma foi se alterando enquanto se contorcia livremente e, finalmente, eu me lembrei do meu projeto de vida. Pontos se tornaram linhas, linhas se tornaram planos, os planos foram engrossando e ganhando volume até um corpo forte ser formado no vazio. Foi assim que o novo eu foi criado e apareceu subitamente no mundo.

"Mas é só um treino. Você pode fazer a pose que quiser". Me movi devagar e brincalhão e achei muito caloroso. "É assim, sobreposto à sombra, que eu vou estar sempre te abraçando". Depois disso, voltei a ser a menor das matérias e desapareci em silêncio.

Para que nós nascíamos e para que nós morríamos? Havia um significado nisso?

"Quem sabe você, que me abraça calorosamente, saiba a resposta."

Essa tinha sido a minha história. A história de Kiyosumi Hamada e de Hari Kuramoto.

A partir de agora, seria a história de quem?

Capítulo 8

***

Eu precisava viver. A vida nova estava molhada de sangue muito vermelho e chorava tempestuosamente. Eu precisava, antes de mais nada, viver. Precisava continuar com a minha vida, precisava viver a continuação daquela noite. Amanhã, depois de amanhã e depois disso, para sempre. Eu precisava abraçar a tempestade e viver.

A manhã estava chegando do outro lado da janela da sala de parto. A cidade estava iluminada e pareceu bonita até de muito longe. Eu, claro, logo soube quem tinha me dado essa manhã. Depois disso, me concentrei apenas em viver.

Após a tempestade vermelha vir a esse mundo, os ponteiros do meu relógio começaram a girar mais rápido. Vivi absorta e, quando reparei, um período de mais de vinte anos tinha se passado em um piscar de olhos. E então chegou a hora de eu dizer o meu nome verdadeiro.

A mãe dele tinha me dito para não dizer jamais, mas a minha resolução não mudou. A tempestade vermelha estava tentando decidir se seria policial, bombeiro, um oficial de autodefesa ou um jornalista.

— Polícia, acho — disse ele. — É, vou virar um policial. Vou proteger várias pessoas com a minha vida e virar um herói feito o meu pai.

Pelo visto, ele estava falando sério. Disse que, como tinha tomado a sua decisão, não pensaria mais sobre outras carreiras. Haveria, porém, uma verificação de antecedentes. O que eu tinha feito e o que o meu pai tinha feito provavelmente seriam obstáculos no caminho da tempestade vermelha. Não importava o quanto ele se esforçasse e fosse compatível com o trabalho; não seria aprovado. O motivo não seria revelado e a minha amada tempestade vermelha sofreria. Por isso, eu quis ao menos entregar esse sofrimento pessoalmente.

— Na verdade, eu chamo Hari.

— Hari? — ele perguntou de volta. A voz era realmente parecida com a do veterano. Era como se ele estivesse ali. Senti que ele estava dando um tapinha nas costas que estavam para ceder a qualquer momento diante da preocupação e do terror.

— Eu vou contar uma história um pouco comprida. Fique me chamando de Hari, nem que seja só por esse tempo.

Consegui contar tudo até o final.

— Ou seja, duas pessoas morreram porque um óvni foi derrubado.

A tempestade vermelha, derramando lágrimas transparentes como a chuva, ficou observando fixamente o formato que eu tinha feito com a mão dele. O polegar tinha morrido derrubando um óvni. O dedo anelar também tinha morrido derrubando um óvni. Houve dois óvnis.

O segundo, aparentemente, tinha flutuado nos céus usando de combustível a minha vida. Havia nascido na noite em que o primeiro óvni tinha sido derrubado. Eu tinha ficado amarrada a ele por todo o tempo e, naquela época, eu provavelmente não estava viva.

Quando houve o acidente e encontraram o veterano, eu realmente achei que era o fim. O mundo tinha acabado, eu e a criança também morreríamos. Se fechasse os olhos, eu morreria e seria o fim. Mas, nessa hora, tive a impressão de ter escutado alguém dizer "Você só pode estar de brincadeira". Achei que tinha vindo da minha barriga e baixei o olhar fazendo "Hã?". E então a minha bolsa d'água rompeu. A data prevista para o parto era um pouco mais para a frente, mas o meu corpo já estava tentando dar à luz.

Quando conheci a tempestade vermelha, depois de sofrer por muito, muito tempo, eu ressuscitei, recuperei a minha vida. E soube: o óvni tinha sumido dos céus. O veterano tinha ganhado, tinha ganhado e derrubado o segundo óvni.

Eu estiquei a mão esquerda e também ergui os dedos.

Capítulo 8

— É verdade que, se contar todos os mortos, não são duas pessoas. A primeira pessoa, o dedo indicador, é a minha avó. A segunda pessoa, o dedo médio, é a minha mãe. A terceira pessoa, o polegar, é o meu pai. A quarta pessoa, o dedo anelar, é ele. Mas o indicador e o dedo médio foram mortos pelo meu pai. Então não têm a ver com ter derrubado um óvni. O que tem a ver com isso é, primeiramente, o polegar. Fui eu que matei ele, derrubando o primeiro óvni.

Eu disse isso para a tempestade vermelha dobrando o dedo indicador e o dedo médio.

— E esse dedo anelar, aqui, é o seu pai: Kiyosumi Hamada.

Usei a mão direita para envolver com suavidade o dedo anelar que tremia.

— Ele morreu derrubando o segundo óvni. É por isso que foram duas pessoas. O polegar e o dedo anelar. Foram esses dois que morreram porque um óvni foi derrubado.

Mesmo agora, o anel de casamento estava brilhando na base do meu dedo anelar. Era de platina, tínhamos escolhido juntos. Eu continuava muito feliz e continuava vivendo. Torci para que essa minha felicidade estivesse sendo devidamente sentida pela tempestade vermelha, que era o que eu mais amava.

No fim das contas, porém, eu não sabia se o sentimento tinha sido transmitido. A tempestade vermelha desistiu de ser um policial e disse que visaria ser um jornalista. Após procurar esforçadamente por um emprego, foi para longe desta cidade, a qual era tão apegado, e conseguiu um trabalho em uma emissora de TV de outro lugar. Deixou a casa na primavera. Ele quis se afastar de mim? Quis se distanciar da vida que eu tinha vivido?

A mãe dele captou a minha solidão de ter sido deixada para trás. Ela estava na vizinhança, mas tinha morado sozinha por todo esse tempo por gostar de ser livre. Entretanto, resolveu morar comigo. Era divertido passar o tempo com ela e, depois disso, passei a rir todos os dias.

Reparei que o smartphone que eu tinha esquecido dentro da bolsa estava brilhando. Olhei para ele e tinha recebido uma mensagem cerca de meia hora atrás: "Eu finalmente vou aparecer na TV. Fica vendo". Levei um susto e respondi "Por que de repente? Em qual programa?", mas ele não parecia ter visualizado.

— No-nossa, você não sabe! O meu menino está dizendo que vai aparecer na TV!

— Quê?! Mentira! Em que canal?!

A mãe dele, às pressas, ligou a TV e fizemos "Aah!", "É aqui!". Ele estava aparecendo bem nessa hora. A minha amada tempestade vermelha estava ventando furiosamente dentro da TV.

— Sr. Hamada! Nos informe as condições de onde está!

— Sim! Está havendo, faz aproximadamente uma hora, uma chuva com ventos impressionantes!

O noticiário da noite estava mostrando um tufão gigantesco que havia atingido a região de Kyushu. Ele segurava um microfone, usando uma capa de chuva, um capacete, uma braçadeira da imprensa e estava encharcado, sendo atingido por ventos violentos. Esse menino era o meu... o meu...

— Há duas mil residências sem luz e a região recebeu um aviso de evacuação! É difícil até mesmo ficar aqui de pé! Estou quase sendo levado!

"...Não, para!" Fiquei grudada à televisão, quase chorando. Isso era perigoso e não tinha um porquê. Para completar, o mar às costas dele estava agitado. Suas ondas quebravam brancas se contorcendo, as gotículas d'água chegando até a câmera.

— O mar está muito agitado! Os respingos das ondas estão chegando até onde estamos e parece perigoso!

Por que raios o meu filho precisava fazer uma transmissão de um lugar desses?

— Ai, não, não, não... — falei, mas não consegui tirar os olhos da TV, apesar do medo.

Capítulo 8

— A-antes de mais nada, vamos gravar! — disse a mãe dele, apertando o botão de gravar.

— Sr. Hamada, muito obrigado pela reportagem! Vamos aguardar informações posteriores!

— Certo! Agora, é com você no estú-... Aah?! Cuida-...!

Do canto da tela alvoroçada, uma silhueta que parecia ser de alguém da produção chegou tropeçando. Devia ter perdido o equilíbrio por conta dos ventos, pois foi colidindo no repórter junto de seu equipamento. O repórter deu um jeito de segurar a pessoa com os braços, mas ele, sobreposto à pessoa da produção, foi escorregando com as costas da capa de chuva na direção do mar. E então quebrou uma onda especialmente alta. Branca e turva, cobriu os dois.

— ...!

Não aguentei ver e me abaixei por reflexo.

— Sr. Hamada! Sr. Hamada! — dizia o apresentador no estúdio com muita tensão.

Não houve respostas. Houve um barulho alto de atrito no microfone, o estrondo dos ventos e...

— ...S-sim?!

Houve voz.

— Você está bem?! Se machucou?!

— Me desculpe, é que os ventos estão realmente fortes...! M-mas estou bem! Isto não é nada! Porque sou resistente!

Temerosa, abri os olhos que estavam fechados. O meu filho, se esforçando para segurar a capa de chuva que virava, estava exclamando alto com energia. Estava exclamando tempestuosamente.

— Porque sou o filho de um herói!

— ...Pre-... — Eu tinha agarrado o smartphone e me levantado. — Preciso ir...

Eu...

— Há? Como assim?

— Não sei! Só sei que preciso ir! Eu preciso ir!

...fui tomada por uma vontade furiosa de sair correndo. Com a mesma força de quando concluí que precisava viver, achava que, nesse momento, precisava ir. O meu corpo flutuou. Eu queria correr feito um animal selvagem, a toda velocidade. Não iria mais parar. Deixei para trás a voz incrédula da mãe dele, que dizia "Que boba", e realmente irrompi porta afora.

O tufão ainda estava longe. Cortei os ventos mornos e dei passadas fortes com sandálias. Fui avançando sem parar, não tinha decidido para onde iria e não sabia até onde conseguiria ir, mas eu era livre, podia correr. Os braços e pernas eram meus, tudo era meu.

Surgiu um corte nas nuvens negras e depois elas foram se separando para os lados. Parecia uma cortina sendo aberta. Olhando para cima, continuei a correr. Não conseguia me lembrar de qual foi a última vez que tinha usado o meu corpo com toda essa força. Pude acreditar que eu conseguia ir para qualquer lugar. "Eeeei!", exclamei mentalmente, "Eeei! Eeei!". O meu rosto formou um sorriso naturalmente. O que eu estava fazendo, com essa idade? Era uma bobeira, mas não pude evitar.

"Gosto de você. Está me ouvindo, não é? Adoro você. Obrigada."
Enquanto eu corria, o smartphone brilhou na minha mão.

Capítulo 8

***

— Você tá rindo demais!

Eu estava perdendo a paciência com a minha mãe, pois ela não conseguia parar a sua gargalhada.

— De-desculpa! Mas é que... você é engraçado dema-... Aaaahuahuahuahua!

— Para com isso!

— "Transformar"...?! Não, não dá. Não tem como não rir depois disso!

— Se você quer saber, a janela tá toda aberta, tá?! Você tá incomodando a vizinhança! E tô com a maior vergonha!

— Oh...

A minha mãe finalmente se calou e deu de ombros. Ela deixou o chá e os bolinhos de arroz sobre a escrivaninha e ficou do meu lado diante da janela. "O ar está fresco", ela disse e inspirou profundamente. E olhei mais uma vez para as estrelas. A constelação de Orion estava realmente bonita, piscando grande e brilhante, e parecia que poderia cair como uma chuva a qualquer momento. Era como se pretendesse cair devagar até onde estávamos, virando raios de luz brilhantes.

Expirando um ar branco, eu secretamente me afastei um pouco da minha mãe. "Se quiser vir, pode ficar aqui. Pode vir na hora que quiser".

— Quem sabe, um dia, eu te ensine o jeito de se transformar de verdade.

A minha mãe, dizendo bobeiras, ergueu o dedo indicador e o voltou lentamente para os céus.

— Quando é "um dia"?

— Huhuhu. Depois de você ser um bom menino e virar um adulto.

— Então você já vai ter se transformado em uma velhota.
— Há?! Por que é que você sempre fala o que não precisa?!
Achei que, mais uma vez, haveria vozes que perturbariam a vizinhança, por isso fechei a janela às pressas.
Dei uma última olhadela para as estrelas de Orion. Estavam inclinadas, como que incrédulas com a barulheira. Exatamente, a baderna vinha daqui, dessa casa. Em casa, era sempre assim, as vozes que chamavam umas as outras nunca cessavam. A minha mãe estava aqui, eu estava aqui e o meu pai estava aqui. E todos acreditavam que não havia um fim para o amor.

Fim

MEU Sangue & Ossos EM UMA Galáxia Fluida

Kudakechiru Tokoro o Misete Ageru
© Yuyuko Takemiya
All rights reserved
Original Japanese edition published in 2016
by SHINCHOSHA Plublishing Co.,Ltd.
Portuguese translation rights arranged in Brazil with
Straight Edge Inc. through Digital Catapult Inc., Tokyo.

Illustration: INIO ASANO

DIRETORES
Gilvan Mendes Fonseca da Silva Junior
Ana Paula Freire da Silva

ADMINISTRATIVO
Cibele Perella & Monaliza Souza

EDITOR
Junior Fonseca

TRADUÇÃO
Gabriela Takahashi

DIAGRAMAÇÃO
Maiara Carvalho

REVISÃO
Débora Tasso
Julia Maria

newPOP

NewPOP Editora
São Paulo/SP
www.newpop.com.br
contato@newpop.com.br